周蓓 主編

專題史叢書

張資平 著 (日)宮島新三郎 著 高明 譯

河南人民出版社

歐洲文藝史綱·文藝批評史

本書主要介紹了歐洲的古典主義、浪漫主義、自然主義、神秘主義及象徵主義等文藝思潮。以空前的高調贊頌自然主義

圖書在版編目(CIP)數據

歐洲文藝史綱 / 張資平. 文藝批評史 / (日)宮島新三郎著; 高明譯. —鄭州 : 河南人民出版社, 2016. 10(2017.7重印)
(專題史叢書 / 周蓓主編)
ISBN 978-7-215-10482-2

Ⅰ. ①歐… Ⅱ. ①張… ②宮… ③高… Ⅲ. ①文藝思潮-歐洲 ②文學批評史 Ⅳ. ①I500.9 ②I109

中國版本圖書館CIP數據核字(2016)第254494號

河南人民出版社出版發行
(地址 : 鄭州市經五路66號 郵政編碼 : 450002 電話 : 65788063)
新華書店經銷 河南新華印刷集團有限公司印刷
開本 710毫米×1000毫米 1/16 印張 19.25
字數 120千字
2016年10月第1版 2017年7月第2次印刷

定價 : 125.00圓

出版前言

中國現代學術體系是在晚清西學東漸的大潮中逐步形成的。至民國初建，中央政治權威進一步分散和削弱，加之新文化運動帶給國人思想上的空前解放，新學的啓蒙，新知識分子的産生，民國學術如草長鶯飛，進入一個自由而蓬勃的時代。中國傳統學科乃中國學術之根基與菁華所在，民國學人采用『取今復古，别立新宗』之方法，引入西方的學術觀念，積極改造，使史學、文學等學科向現代學術方向轉型。此外，大力推介西方社會科學的新學科和自然科學，在學習、借鑒乃至移植西方現代學術話語和研究範式的過程中，逐漸建立中國現代學科，使中國的學科門類迅速擴展。一時間，新舊更迭，中西交流，百花齊放，萬壑争流，開創了中國現代學術的源頭。

伴隨知識轉型和研究範式轉換而來的，還有學術著作撰寫方式的創新。中國古代的著作向來以單篇流傳，經後人整理匯編後，方以成册成集的面目出現并持續傳播。直到十九世紀末，東西方的歷史編撰體裁不外乎多卷本的編年體、紀傳體和紀事本末體等，章節體的出現標志着近代西方學術規範的産生和新史學的興起。章節體具有依時間順序，按章節編排；因事立題，分篇綜論；既分門别類，又綜合通貫的特點。以章、節搭建起論述之框架，結構分明，邏輯清晰，較傳統的撰寫體裁容量大、系統性强。它的傳入，使中國現代學術體系從内容到形式被納入了全球化的軌道。民國時期專題史的研究、譯介、編纂、出版恰恰是在這樣的背景下欣欣而發，是學術的實驗場，也是歷史的記録儀。編選『民國專題史』叢書的初衷正是爲了從一個側面展示中國學術從傳統向現代過渡的歷史進程。

專題史是對一個學科歷史的總結，是學科入門的必備和學科研究的基礎，也是對一個時代艱深新鋭問題的解答，是學術研究的高點。民國專題史著作中，既包含通論某一學科全部或一時代（區域、國别）的變化過程的，又囊括對一時代或一問題作特殊研究的，還有少部分是對某一專題的史料進行收集的。原創與翻譯并重，翻譯的底本大多選擇該學科的代表著作或歐美大學普及教本，兼顧權威性和流行性，其中日本學者的論著占據了相當比重。日本與中國同屬東亞儒家文化圈，他們在接納西方學術思想和研究模式時，已作了某種消化與調適，從思維轉換的角度看，更便于中國借鑒和利用，他們的著作因而被時人廣泛引進。

與當代學術研究日趨專業化、專門化、專家化的『窄化』道路迥乎不同的是，中國傳統學術崇尚『學問主通不主專，貫通人不尚專家』的通識型治學門徑，處于過渡轉型期的民國學術在不同程度上保留了這種特徵。民國學術大師諸學科貫通一脉，上千年縱横捭闔之功力自不待冗言，外交家著倫理政治史、文學家著哲學史、化學家著戰争史等亦不乏其人，民國專題史研究呈現出開放、融通、跨界撰述的特點。與此同時必須看到，自晚清以來，中國的命運就在外侮屢犯、内亂頻仍的窘境中跌宕彷徨，民族存亡仿若命懸一綫。這股以創建學科、總結經驗、解决問題爲指歸的專題史出版風潮背後，包裹着民國學人企望以西學爲工具拯民族于衰微的探索精神，及以學術救亡的愛國之心。梁任公曾言：『史學者，學問之最博大而最切要者也，國民之明鏡也，愛國心之源泉也。』這種位卑未敢忘憂國的歷史使命感和國民意識是今人無法漠視和遺忘的。

『民國專題史』叢書收録的範圍包括現代各個學科，不僅限于人文社會科學，學科分類以《民國總書目》的分科爲標準，計有哲學、宗教、社會、政治、法律、軍事、經濟、文化、藝術、教育、語言文字、中國文學、外國文學、中國歷史、西方史、自然科學、醫學、工業、交通共19個學科門類。本叢書分輯整理出版，内不分科，單本發行，方便讀者按需索驥。既可作爲大專院校圖書館、學術研究機構館藏之必備資源，也可滿足個人研讀或興趣之收藏。

與目前市場已有的一些專題史叢書相比，『民國專題史』叢書具有規模大、學科全、選本精、原版影印的特點。本叢書選目首重作者的首創、權威和著作影響力，尤其注重選本的稀見性。所謂稀見，即建國後没有再版，且多數圖書館没有收藏，或即便有收藏，也是歸于非公開的珍本之列予以保存，普通讀者難以借閲。部分圖書雖有電子版，但作爲學術研究的經典原著讀本，紙質版本更利于記憶和研究之用。本叢書精揀版本最早、品相最佳的原版圖書作爲底本，因而還具有很高的版本收藏價值。

『民國專題史』的著作是民國學者對于那個時代諸問題之探究，往往有獨到之處，無論其資料、觀點短長得失如何，要之在中國現代學術史的構建與發展進程中，自有其開宗立論之地位。

1

目錄

原序

旣稱文藝批評史，本來是應當敍述世界各國的批評的歷史的。然紙面有限，且一朝一夕之努力，到底不能究盡牠。所以我在這裏祇想髣髴其輪廓。

又我們這文藝批評史，是以歐洲的爲主，先請記好。因爲文藝批評與文藝之興隆發達相呼應，而以完整獨立的形式和實質發達進化的現象，祇能在歐洲之文藝界裏見得。日本之部中國之部雖不免多寡說及，然這亦不過到主要曲的伴奏的程度。

統觀文藝批評之歷史，則有二種形態。便是，一方面有批評家提出作爲判斷之根據或批評時之基礎的原則——換言之，即與特定之作品沒有直接關係的理論的文藝批評；另一方面則有對於文藝的作品，並不持客觀的明確的標準而取表現形式的實際的文藝批評。普通前者稱爲文藝論或文學論，後者稱爲作品批評。這兩者是交互作用，難於嚴密地區別；然若要明瞭地顯示文藝批評史，則最好是將此二形態放在解剖臺上明白地分解。然而我們在這裏不能做這樣綽裕的事。祇要不忘去並注意及這事便可以了。

還要重說一遍，望大衆多是不行的。祇要世界上的文藝批評的發生，進化及發達之跡被理解了（便是朦朧地也可以）那末便算達了本文的目的。

又關於文藝批評史的研究，日本是不用說，即是歐洲，也還是在初步之段階；從某個意味講來，這分野可說還只是草深的荒地。所以關於文藝批評史的研究書也很少，因此統合牠也是非常困難而煞費苦心。然倘因此而惜努力避苦心，則不知要到什麼時候纔會有這方面的開拓者。所以我不顧淺學菲才，倉皇未熟，敢向荒地加一鍬之鋤。

第一章 文藝批評之意義

文藝批評是什麼

要講文藝批評史，這是第一的先決問題。要解決這問題，本來祇要立刻下一個定義便可以了；然而抽象的定義，最是乾燥無味，時且易曲事實。並且這文藝批評愈是生硬地下抽象的定義，將愈成爲曖昧不明瞭。這可以說是因爲從前的定義，是抽象的，離了事實，且無正確的科學的根據。喜歡定義的人，將事物想得和突由天降的一般。他們對文藝批評也是如此。然而這決不是突由天降的，是通過了長的歷史，發育、成長、而發揮其機能的。牠是一個有生命的機能體；然並不是裸體地舞踊於文藝之園直至今日的。乃是有時著亞里斯多德（Aristotle, 384-322 B.C.），德來登（Dryden, John, 1631-1700）等人給牠做的嚴密的窮袴，有時穿窩爾忒·佩忒（Pater, Walter, 1839-1894），阿那托爾·法朗士（France, Anatole, 1844-1925）

等等的有花條的，裁縫卻很單純的襯褲；又有時則穿托爾斯泰（Tolstoi, 1828-1910），羅斯金（Ruskin, John, 1819-1900）的嚴格的不自由的道德紋的外衣，而舞蹈於文藝之園的。

然而我們被他們的巧的服飾，弄得難於區別哪一部份是機能體，哪一部份是包著牠的服裝。結果不區別此兩者，而視爲一物。於是生起了混亂和錯誤。要脫去此混亂和錯誤，須將衣服一齊剝去，將文藝批評裸體地顯示。而將這有生命的機能體載於解剖臺上，使解剖刀來探訪牠。

批評之本能

第一，將心理的發生這事實先現於刀頭。小兒用細的手指捉甲物乙物，本能的地向口裏送。因爲在小兒，口乃其感覺的最銳敏的地方，且是判斷的玉座。於是有原始人之活動性之一型，好奇心。好奇心不久生出批評。因爲被好奇心所促的種種實驗的效果，懸存於排棄某結果而採擇他結果。此等之排棄和採擇，即使是極幼稚，結合起來，也構成一個心理的系統。而心意愈是活動的，心意進入的關係愈複雜，則其心理的系統之數亦隨而增多。在充分發達了的人，其系統，從飲食物的起，至道德性智性的止，各有感覺及認識的關係，故其數爲無限。其系統，都是批評的系統，並且以批評的方法，用意周到地構成著。所以批評可說是發於人的自然的性情。便是盲人，有時候別人說時看時，他也說出不耐煩的話。在人前以懂得酒菜出風頭的人；或以巧的言辭，將處理家政的巧妙講給他人聽的婦人，若有別人發表關於詩歌或繪圖的意見於衆，則他們將鳴出不平，說那些是過分尊大之言。因此，萬人都可以說是批評家。雖有對於萬事是批評家，對於特殊之事是批評家之差；然萬人之是批評家則無異。祇是多數人是放散的，而識別評價達於完全的表現的人少就是了。

批評，在最廣的意味，及本質的意味，心理的地看來，我們可以明白是判斷作用。因爲是判斷作用，所以又是精神生活的一形態。人識別東西，選擇東西，區別食物及味之好壞，知性格之善惡，悟容貌景色和聲音之爲魅力的或反撥的。這樣的選擇作用，判斷作用，乃是批評。至少這大概可以說是批評之心理的性質。批評之根本的心理之是這個意味的東西，祇要尋此言語的語源，也能明白。英語之「批評」（criticism）一語，乃自希臘語之κριτής或κρίνειν而出，這是戈斯（Gosse, Sir Edmund, 1849-1928）在批評（見一九一〇年版大英百科辭書第七卷四六八頁）裏說著的。所以κριτής乃是a judge，是裁判官，判事，或鑑定家，審查員的意味；又κρίνειν乃是to decide, to give an authoritative opinion是決定，述有權威的意見的意味。也便是說，判斷的作用，選擇的作用。

這判斷的作用，選擇的作用，求其對照於文藝之時，則自生出文藝批評，也便是批評之作用及於文藝的結果，便是文藝批評。

解釋

要更闡明文藝批評的性質，不如進於其心理的分析。換言之，即可將判斷的作用，選擇的作用，更心理的地分解一下。這不是忽然從天而降的。解剖之，則有幾段前階梯，批評徐徐地下著階梯，而作了姿勢。其第一階段，這裏稱牠為解釋（interpretation）。雖光說是解釋，裏面也含有種種問題，有多少瑣屑事促人注意。第一解釋不得不以原本（text）為問題。對於現代的文學，原本的問題並不怎樣重要。因爲倘若作者現存著，其作品是否給了我們恰是作者所想給的，知道這個，是彼作者的事。然至改版了不少次的古書和尙無印刷術的時代的寫本，則原本之問題，將成爲非常重要。在沒有正確地捉住作者所書的事情時，則無論如何論其作品之價值和意味，也是無益的。所以正讀原稿中的可疑的言辭，也是一個解釋，一個批評的事情；又正確地整頓不注意地保存下來的長篇作中各部分，也同是一個解釋，一個批評的事情。並且判斷疑有他人改動的部分的眞的筆者是誰，這也是一個解釋，批評的事情。

在羅馬，有學者研究那向被當作普羅塔斯（Plautus, Titus Maccius, 254-184 B.C.），忒梭斯（Terence, 195-159 B.C.）所作的戲曲的眞的作家，而主張說，由其作風可以判斷不是他們的作品。所以要作嚴格的原本，乃學者之一事業，而需要非常專門的特殊的智識。這雖是極初步的批評的作用，然而還是存含著審美的評價，這是應當注意的。鑒定普羅塔斯的文體，不外是區別他的作品和別人的作品。又同樣，關於正讀不明瞭的章句的問題，一方面是原稿之巧的研究的意味，別一方面是含著關於表現之適切，或其表現和當時措辭法的一致的推理作用。而此批評法，在聖書研究上，就當作高等批評(higher criticism)，一直到最近還被流行著在文藝方面，普通稱之曰訓詁註釋(texual criticism)。普通包含着措辭文法及修辭法等諸問題，文學之近代研究(The Modern Study of Literature)的著者莫爾頓(Moulton)，更以歷史的解釋傳記的解釋（我們後面要講到的）包含於這個名稱中，而說這個是屬於外的文學研究。

又解釋在充分理解原本需要某種類的歷史的智識的時候，乃是歷史的。慣用語會變化；同一言辭，因言語文學的發達的階段不同，便帶有兩樣的意味。在文學的解釋上，祇賴了今日之言語章句的意味，是不充分的。我們應當知道寫的時候是什麼意思。莎士比亞(Shakespear, William, 1564-1616)的戲曲中的形容詞，若照今日之慣用法讀，或以為源氏物語的文法，是和今日之文法規則一致，那眞是愚到極點了。

不獨是言語變化。所有人事差不多都常在變化。各時代——否卽是各流派，也帶著各各的偏見，各各的科學，各各的哲學，各各的風尙。為批評之對照的文藝，在種種程度，無不是此等之表現。政論演說和諷刺等等乃是時代的直接的產物；同時，文藝乃其間接的產物。但底（Dante, Alighieri, 1265-1321）之神曲（Divina Commedia）是中世末了，意大利生出的。對於當時的意大利的社會情形的智識與理解，使神曲成了偉大的世界的作品。至於說神曲自身是永遠不朽的傑作，那全是空論；若借阿那托爾·法朗士的話說來，那是未吟味者的話。這事即求例於英文學史，亦能明顯地被證明。例如德來登（Dryden, John, 1631-1700）坡浦（Pope, Alexander, 1688-1744）斯維夫特（Swift, Jonathan, 1667-1745）柏克（Burke, Edmund, 1729-1797）卡萊爾（Carlyle, Thomas, 1795-1881）及羅斯金等的文學的大多數，都是各由其當時的政治的經濟的或社會的事件喚起的。所以若對其事件沒有智識，他們決不能被充分地理解的。這是表現一代之風尙的文學之例；譬如斯賓塞（Spencer, Edmund, 1552?-1599）的仙女王（Faerie Qeene）可說是表現了一時代的精神的作品，稱之爲傑作傑作的呼聲甚高，然若僅漫然讀之，則將對這冗長空幻的物語感得無聊。然而我們若知道了這作品是什麼時代寫的，及當時歐洲全土有了怎樣的事，則仙女王將立刻成爲活的魅力體，對我們吹氣。就是知道了詩中所寫的舊信仰和新信仰之爭，向新世界支配的苦悶的努力等等，我們方纔能味得仙女王的最高文學的魅力，

我們若不理解作者和時代的關係，便是作者和當時的道德的風潮，政治的輿論支配著當時的判斷的標準等的關係，則有時將屢屢誤解作者。例如雪萊(Shelley, Percy Bysshe, 1792-1822)，他所以不在他的時代被歡迎，可說全是因了誤解基於無理解之對於原作或原作者之誤解，文藝批評史自身裏面也無不能找得。例如膾炙人口的亞諾爾德(Arnold, Matthew, 1822-1888)的批評之定義「知道且推廣被此世所知所想的最善之物的沒利害感的努力」被一般人仰如鑑賞批評的金科玉律；然這決不是漫然從他的頭裏湧出的。這是對於實行，政治，功利的風潮盛勢的時代敢然投出的手套。是對於想把文學和思想利用於實行，政治，功利的風潮的反抗。同是鑑賞批評，然與一概可看作裁斷批評之對立的種類，是自異其趣的。

傳記(biography)也和歷史同樣於解釋的批評是必要的，這不是以作者之個性或天才爲問題的意味，而是因爲文藝之意義，每和作者之生涯中的某事件或經驗關係特深。沙他·利渣他斯(Sartor Resartus)，卽全然沒有關於牠的著者的知識，於聰明的讀者，也許能解其某意義。但如果深知道了卡萊爾之生涯，則對於此書將更感到深遠的意味。又思念(In Memoriam)，若不知丁尼生在發表牠前的生涯，則將不能充分理解。然過重傳記，有時反誤作品之解釋。又傳記屢惹起偏見，以偏見臨作品之時，不用說是不能得到正確的解釋的。在英國的文藝批評史，文藝批評由對於作者的個人的偏見而決定，這種事例決不爲少。例如關於華茲華士，柯爾律治，濟慈等的十九世紀前期的多數的評論，不由有眼識的詩的見解立論，卻是從對於其人之頑迷的政治的或社會的偏見出發。亞諾爾德在批評論集第二卷雪萊論裏面指摘道登(Dowden, Edward, 1843-1913)，的雪萊的生涯(Life of Shelley)，說他過於置重於反是妨礙雪來的詩的鑑賞和享受的事件的記述了。這個很明顯地是逸出了目的之例；爲要來幫助作品之解釋的傳記研究反而妨礙了作品之解釋的實例。這樣的研究根本應該停止。然而由最初的目的說來，傳記於文藝的解釋是必要的。

其次，在批評的解釋上，作者的思想或哲學是成問題的。無論是誰，至於想試作一種著作的會思索與研究的人，對於人生，或對現在生存著的世界，或對世界和自己之關係，一定會執有某一種的態度。尤其是在社會生活很複雜的現在，不取這樣的意味的某種態度，思索是不成立的。不論是何人，若斷割其思索之根柢看之，一定存有著自己對社會的關係態度——積極的地或消極的地。在著作者也是同樣的。作者也許不能在所有的場合以意識的努力或方法而取某種態度，並且也許不將關於他的周圍的事象的意見統合而發表之，並且也有時候既不說出他的思想，也不使之有組織。然而不論作者意識的地試行之與否，從解釋者方面說來，爲要充分理解提供在自己前面的作品的意味，是不得不將前面說的作者的思想和哲學組織起來。

在不少低級文藝，作者之思想和哲學也許是不成問題。然至高級的文藝，則一定受得作者的一般的思索的態度和方法的影響至某個程度。僅訴於感覺的純粹歡喜或感情的，也許全然是和思索背景沒有關係，或者全然不依牠。然而在作者再現現實世界或理想世界的時候，則不得不想一想表現了的那個世界的意味。因此在解釋的批評，哲學的解釋也成爲很必要。

批評之第一階段，卽解釋之性質及種類，略如上面所說明的那樣。其次就不得不將注意轉向第二段，卽不得不轉向於形成那判斷評價的第二階段的作用。這第二階段的作用，便利上我們稱之曰鑑賞（apprecia-tion）。

鑑賞

解釋的作用已明顯地科學的地說明了對象自身的性質，對象與其作者之關係，作者與時代周圍之關係等事實。然這說明解釋，乃是個別的，而非綜合的。是分解作用，而非統一作用。一個作品，不當牠是作品，而分解作個別的品物地研究了。其次生出了綜合，統一的作用。個別的品物，重新被組合起來，成爲有機體，起反作用。享樂這個作用的作用，乃是鑑賞。便是將作品當作一個統一體而味之的作用。文體，措辭，文法，修辭，思想等，是構成作品的各部分，然僅此是不成完全的意味的。這些組織起來，成了一個統一體的時候，方纔表現完全的意味，確定理解。應於這個意味的作用，乃是鑑賞。此鑑賞之力，自有高低的程度。至於高尙的鑑賞力，則透察對象之核心，使對象之力與美之本質遊離於對象自身，更進一步，區別對象特有的永遠的性質和一時的性質。或將對象全體的意味分析，公式化。或闡明對象中沉默著的，也有時說明各部分的關係和部分與全體的關係。也有時蒐集離散的要素，究其源流，明其特色。這樣，把對象的內容精神，技巧，闡明，就成有統一的一味。這個作用獨立了的時候，於是生出了所謂鑑賞批評，或唯美批評。（參照佩忒之文藝復興'The Renaissance by Walter Pater'中之序文）

又這鑑賞力也有強弱之別。少被統一體之效果所動，這乃不能評價文藝之明瞭的證據。所以若不爲文藝之被一般人所公認的傑作，或帶著種種文學的形式的古典所動，其人也許可說是全然沒有做批評家的資格。這一種人所說的是偏奇性，適足以表示他自己的鑑賞力的缺乏；無論對於誰，都不會發生重要的意味。鑑賞的不足，缺乏，有時是因為修養的不足，也有人是先天的地不能。所以在某種程度上，我們可以說這是有關於知識的根柢的。

判斷

鑑賞之作用，有時到了自身便停止了，有時更招出次述的階段的判斷(judgement)作用。而後者乃批評過程之最後階段。在鑑賞的過程，假定從一個對象得了深的感動的印象。這時候，我們判斷這對象是有優越的價值的作品。反之，從一個對象得了無意味勞損之銘感的時候，則判斷這對象是無聊沒有價值的作品。這判斷的心理的作用，可以總括為意識的和無意識的兩種。依了外的尺度標準，乃是所謂意識的；依了內的普通所謂趣味，乃是所謂無意識的。當然趣味客觀化了也成為外的尺度標準，所以根本的地區別兩者，是不穩當的；然這裏因說明的便利起見，把牠們分開了。一個是置判斷的標準於外，一個是求之於評者自身之內。現在都稍微說明一下。一個是先有周圍的人們的「善」「惡」「美」「不美」的輿論，自己對之表示同感，而將這輿論為尺度標準去下判斷的。另一個是，不管輿論，只用自己的趣味來判斷其所鑑賞到的性質的。前者的判斷後來便成爲裁斷批評（judicial criticism）或客觀批評（objective criticism），後者成爲印象批評（impressionistic criticism）或主觀批評（subjective criticism）。

無論在那個場合判斷的心理作用，都不常是信著外的輿論或內的趣味。外的輿論不是絕對的而常是相對的；內的趣味往往基於個人的偏見，所以這也不是絕對的，而是進化的。正因如此，所以這輿論和趣味時時爭鬬。輿論那方面，相信自己是正確的古今獨步的東西；而趣味那方面，則認正確地測計一切對象的絕對的尺度標準爲不能有，輿論所定的判斷原則即使適於某特別物，決不能通用於其他的東西。然從輿論那方面看來，則趣味正是以偏見爲基礎，而不可信；即對同一對象，因其時的心理狀態，有時感美味快樂，有時反而受不快之印象而感醜；所以輿論的判斷那方面，較之趣味爲確實。

這個鬬爭結果成了輿論的判斷的性質的追究，同時也成了趣味之問題追究。「使對象——詳細說來即文學藝術的各各的樣式，具備有價値的特質是什麽？」「發見了這共通的特質能否組織成爲文學藝術的原理？」這些問題，可看作是屬於前者的。至於後者所屬的問題，便是「在文學藝術的評價上，趣味的標準能不能規定？」「若不能規定，則文藝的評價可以全是個人的嗎？」「又若能規定，則在哪一點上，能找出共通性？」等等。古來所謂批評上之問題，結局祇不過是這些種類的東西。這些問題，今日還是依然未能解決。沒有依共通的趣味的原則這個說法一時很是流行。阿那托爾・法朗士的文學的生活（La Vie Literaire）的序文中寫著的意見，便可說是其代表的。裏面有這樣一節：

「美學沒有確實的基礎。這是空中的樓閣。有人想使牠置基礎於倫理之上。然而所謂倫理是沒有的。社會學也沒有。……要建立批評，人們常稱說傳統和普通所承認的事。然而這些東西是沒有的。一般的輿論承認某種作品，這是事實。然這是先入爲主的，決不是出於自由的心境，也不是自發的愛好的結果。各人稱讚的作品，是誰所也不會吟味的作品」。

然而又一方面隨着科學的知識的顯著的進步，也有人企圖將基於共通的趣味的原則科學的地顯示。莫爾頓教授等等，殆爲其代表者。又美學的原則(The Principles of Aesthetics, 1920）的著者派克助教授 (Dewitt H. Parker, Assistant Professor of Philosophy in the University of Michigan)等等，也是其一人。再追溯起來，桑納不用說也曾是其一人。

且不講論爭的結果如何？從各各的立場的考究的結果如何？苟欲樹立判斷的正確的標準原則，則不可無健全的精神，圓熟的經驗，豐富的知識。有價值的正當的標準，唯通過了經驗人的努力，和博識方能得到。小孩子說這是有趣的書，愉快的書；這也是一個評價；在某種意味，且不得不認這爲高尚的批評。然而以他的經驗做出的評價，是不能便作爲標準的。

以上，我們心理的地說明了構成批評其物的基本的事實。便是將從解釋起，由鑑賞而最後止於判斷的過程的大要，毫不加以別的附加物地，純粹地說明了。解釋鑑賞及判斷，乃是我們對於文學藝術可達到的某種態度的經驗的基本。然此等三段心理的活動決不是單純地或各自發生，並且也不必循着順序而活動的。人的經驗，要算最複雜的了，批評的機能，也不外此例。文藝的解釋，鑑賞及判斷有時一同作用，或互生反作用。判斷導解釋，而使牠明瞭；一方面遂受解釋之完全的支配。又鑑賞專根據意味，有時強烈的情緒會導入與理性之路顯相反對的評價。然而於解釋鑑賞及判斷之爲異種類的批評的心理的基本事實，則無變動。

祇要明白這一點基本的事實，則古來以文藝批評爲中心而生的種種問題，自將如朝日前之霜般地消滅。例如批評常被解作「找錯處」的意思，以爲批評文藝作品之時，祇要駡駡人就可以了。結果批評家成了駡人家，反而被第斯來利（Disraeli, Benjamin）駡道「批評家是文學美術失敗了的人。」然批評之非卽「找錯處」由批評之基本的事實也是很明白的。「找錯處」也許是批評之一部機能，然決不是批評的全部。批評有時是和「找錯處」正相反，也被解作「作品稱讚；」這也是批評的一部，然而決非批評之全部。

又若知道了批評的基本的事實，則文藝批評之種類等等也自能明白。便是，應着前述的三階段，而生出解釋批評，鑑賞批評（印象批評準此亦稱主觀批評）及裁斷批評（亦稱客觀批評）。

在文藝批評史上，關於批評之職能及目的，也有千差萬別種種的意見；這一點，也可歸納之於以上的基本的事實，而被充分明瞭[註]。

文藝批評家

由上面說的批評的根本性質看來，文藝批評，祇要是文學的讀者，應該誰都是能夠的。事實上在初步之形，小孩子也是文藝批評家，原始人也同是批評家。凡是文藝存在的地方，在某種形式上，定存有以牠爲對象的文藝批評。人在鑑賞文藝之際，是在沉默之內，然其享樂，不少時候是要語之他人，因此而更增大其享樂，這是自然的。在原始人之間，若有人比別人更明瞭地，或且更藝術的地發表其鑑賞之結果，那末他一定是被周圍之人表了特別的敬意。例如關於音的官能若較他人爲優，則被選爲發音的領袖，立於舞蹈圈之外或中間，羣衆受其監督這發音的領袖正是近代的指揮者（conductor）的原始型，同時且是音樂批評家之原始型。在這時候他一定會從別的同伴收得謝意，或用了乾杯的形式，或用了物質的形式。於是需要供給的關係已經成立，他便成了和別的同伴完全不同的一個職業人，供給其技術於需要者。

又若有人能述故事之感想較他人爲巧，則沒有讀故事的能力或機會，或讀了也不能統合其感想的人們，將表着敬意而聽其人之感想。這時也成立了需要供給的關係，讀故事的人一定以讀爲自己的主要的事情。自文學被採用了以後，此等感想也和別的文學一樣，以文學表之，而廣被讀閱。社會的人讀了牠，都悟得那是值得謝禮的東西。於是也成立了需要供給的關係，不久便生出了名叫「批評家」的商人，換言之，卽專門家。本來職業批評家，乃比較的近代社會的產物。雖早已有需要和要求，然滿足牠的便利——卽技術的機關——還沒有發達，所以批評家沒有能以批評爲職業。這便利發達了的，乃在近代的社會。

要之，組織的批評，不能由這需要和便利二要因而獨立。而這二要因，借泰納的話說來，因人種，時代及環境而異其形態。文藝批評史上所以有種種文藝批評的種類，全是因爲這個。

第二章　古典時代之批評

在前一章，我們已經大略說明了文藝批評是什麼；從本章起，我們將轉而爲其歷史之概說。若仔細觀察起來，則每個人的批評中，都有牠的特色的區別；所以若限了某個時代的範圍，而總括的地處理屬於這個的批

時代之區別

評，本來是很危險的。然而若能捉握大體近似的傾向，而總括一時代，那末不用說這於處理上卻很便利。所以這裏將根據這個便利主義，假設地將西洋的文藝批評分作三時期而說明下去。

第一是古典時代，乃希臘羅馬的文藝批評史。第二是文藝復興期的，第三是近代及現代的。批評史的著者森次巴立和前面屢屢引用了的文學之近代研究的著者莫爾頓等等，在古典時代和文藝復興之間，加入了以但底爲中心的中世時代；然本書因便宜上，

把牠加進了文藝復興期。

各時代之特色

在入各時代的細論以前，我們將先捉握住屬於牠的文藝批評的概念；我想這是便利的。所以在這裏我們將參照莫爾頓在前記的書中所說的，而把牠略說一下。

古典時代的文藝批評的特色，不用說是可以亞里斯多德的詩學（Poetics）來代表牠。這詩學，乃第一流的哲學者寫的文學理論；在今日還是和在二千年前一樣，做着批評的權威之一。他築成的理論，乃由當時他所蒐集的希臘的敍事詩，悲劇，喜劇等等歸納而成的；所以當然不能說是圓熟的批評論和完全的文學理論。然其影響卻實未可計限。後來的稱爲客觀批評，科學批評和裁斷批評的，都可說是以這個爲基礎而形成的。

所謂名篇傑作一時出現了，牠們自身做了批評的概念，成了「模特兒」（model），而使這概念通行：這也是這時代的文藝批評的一特色。尤其是敍事詩及悲劇的急激的發達，使讀此等作品的讀者的心上釀生出批評上之保守的態度，以阻害文學之進步者很甚。例如接觸了愛斯基拉斯（Aeschylus, 525-456 B. C.）和索福克利斯（Sophocles 496?-406 B. C.）等而構成了自己的趣味的人將不煩耐於幼里披底斯的作品又從形式上說來由悲劇的神祕譚轉而想作小說的企圖也沒有得到什麽承認。並且名篇大作，持有使文學的形式固定的奇怪的力量。例如荷馬的詩是敍事詩，於是容易因此而導出「敍事詩是荷馬」「非荷馬的即非敍事詩」等觀念。如此，敍事詩抒情詩戲曲等等本來雖有可使混和的要素，然而是被一般人想做了文學的形態或種類，此種批評上之保守主義，遂至生出了名叫「古典」（classic）的批評的標準。

古典文學之流到了中世時代，和希伯來文學與 romance 這兩個別的文藝之流合流了。聖書中之寓話，romance 之怪奇譚在被古典形式所裝的時候，新的中世文學發生了。後來更加了東洋的物語傳說等等，於是文學乃更濃厚地現出浪漫的精神。這個促成了形式的自由內容的擴大，更進而促成了新的文學理論的樹立。但底在這個意味，乃是新文藝批評的創始者。我們在但底，已能看到容許創造之自由的文藝批評的原始型。並且這創造之自由乃一貫了文藝復興期及近代的文藝批評的大原則。所以在這個意味，但底雖是中世之人，然在事實上大概可說是先驅於文藝復興期的人。

文藝復興期聯結了希臘精神和中世主義，其在文藝批評的原則上，使古典與Romance（換言之，即詩之求心力與遠心力）成了對立現象的時期。古典主義之爲求心的者，乃因其傾於既成的形式；浪漫主義之爲遠心的者，乃因其形式和內容都含有自由，放縱。這並且是求驚異和變化的理想。在文藝復興時代，這兩個理想，即形式理論和自由創造之爭，在文藝批評上是能屢次地看到；結局勝利歸了形式理論，即古典主義那一方面。而在文學藝術等的別的分野，卻是自由創造即浪漫的精神示了勝利。這時期的形式主義，漸漸凝結，遂成了自十七世紀後半至十八世紀的新古典主義的結晶。

然而自由創造之泉也並非枯涸了。默默地流於地底，而益益增加其時至則將湧出之力。被形式主義所壓倒，常識和理性之文學極其流行，生氣潑剌的藝術本來的精神極度沉默了的十八世紀末，正是創造自由的精神湧出飛躍的時期。蘇格蘭的民謠，與細安的詩，格來的悲歌（elegy）等若可當作自由創造的精神，浪漫主義的繁榮的帶濁的泉，那末華玆華士的詩歌及批評，實可說是滾滾的清冽可掬的浪漫主義的靈泉。近代及現代的新文藝批評，實發源於此。自由創造的勝利：這是對於文學的新態度。因爲這個，而批評和創作的從來的關係根本地一變了，並不是因外來的理論而律詩以趣味的原則，這原則乃是自內鼓吹了的。鼓吹鑑賞上的趣味的，常是創作。理論不是引導文學的，反而非跟從文學不可。文學並非固定的，而是進步的。所以進步的文學，同時需要進步的解釋。因此希臘以來的傳統的古典主義，全然絕跡了。以浪漫主義爲基調的新文藝批評，遂至風靡於近代及現代。近代及現代的重要的文藝批評，例如主觀批評，印象批評，鑑賞批評都無不以浪漫主義的精神爲基調。

文藝批評之起源

在歐洲，普通是認亞里斯多德爲文藝批評之父和開祖。然而在他以前，也不能說是沒有實際的及理論的文藝批評那樣的東西。據美學史的著者波桑開（Bosanquet, Bernard, 1848-）說，關於亞克里斯的盾的伊利亞特的章句便是「地被犂所遮而微暗，看來和已培的地相彷；然而這本來是黃金，的是可驚的加工的逸品。」乃是實際的文藝批評的嚆矢。又亞里斯托發內斯（Aristophanes, 444?-380? B.C.）的喜劇「蛙」，乃專為嘲弄幼里披底斯（Euripides,480-406 B.C.）的戲曲而寫的。所以可說是裁斷評批的嚆矢。他說幼里披底斯在戲曲中處理因戀愛的事而苦惱的婦人，這是使悲劇墮落的。本來按希臘的理想，悲劇的主人公應當是一個有地位，性格善良高尚的男子；這個前有亞里斯托發內斯的，後有亞里斯多德的有名的悲劇論、可以代表牠理論的文藝批評，我們可以舉出柏拉圖(Plato, 427-347 B.C.)和伊索格拉底（Isocrates, 436- 338 B.C.）的。這兩個人的批評，是以修辭的規則為主而吟味的。柏拉圖因在共和國中放逐了詩人，所以常易被視為對藝術沒有理解，然而在實際上卻決不如此。他在共和國及非多拉斯中，關於詩的天才，詩的魅力，詩的本性等等，都下了很正確的說明。尤其是他之為模倣說的最初之說明者這一點，是應當充分地留於記憶裏的。柏拉圖的缺點，祇是在於過於沒頭於政治的，倫理的考慮，所以其結果，便將

「詩人之職能，詩人之特權，詩人之生存理由是提供非現實的事物給我們」這一點看漏了。

伊索格拉底是修辭學的應用家，其修辭法很是裁斷的。一般人都相信他曾寫過一本什麽「修辭法」；然而這本書卽是發見了，多數之純文藝批評能在那裏面找出否也是疑問。他自己的文體，正確地說來，卽不能說是優美，也可說是誇張的，技巧的。並且他的批評衝動，也不能說是怎樣積極的；祇要看他雖活了將近百歲，然終未曾存這樣一個幸福的時候去寫關於詩的東西：我們由這一點也能明白他關於實際的文藝的理論，都是倫理的；他非難了將海西奧德(Hesiod)，蕭格尼斯 (Theognis)，浮西利底斯 (Phocylides) 尊敬作人生之忠言者的人們。而他自己則公言荷馬及其他大悲劇作者乃人類之支配者，是值得崇拜。他又學了柏拉圖的調子，說詩人乃冒瀆神的人。他也不能脫倫理觀及政治觀而獨立。完全離開了這些倫理觀和政治觀，確立了純粹的文藝批評的，實乃亞里斯多德。

亞里斯多德之詩論

亞里斯多德之詩學（Poetics）及修辭學（Rhetoric），乃屬古代傳給我們的東西裏面的最有價值的研究。他關於那個時代的文學，以異常的權威，發表了自己的意見。然而森次巴立在他的批評史中像次述的那樣說著，我以為是甚得其當。他說，亞里斯多德關於詩的批評，由小說家未曾存在這個事實受了不少的影響；同樣，他關於散文的批評，是由雄辯家之全能這個事實蒙了很多的影響。——這些問題我們現在不管，總之我們能在這現存著的兩部有名的研究中，見到做後日的歐洲的批評的基礎的尊貴的基石。

在敘述修辭學和詩學以前，我們將先看一看，根本在亞里斯多德的時代，是存在著怎樣的文學。牠的大部分，乃是音律詩（verse）。這些大半今日已經失傳，僅有可說是所有的種類的樣本的東西還殘存著。例如最大的敘事詩人荷馬，最大的教育的詩人海西奧德等等。又在約不足一世紀之內，有了不少悲劇。然而今日還殘存著的，僅有最初的三篇，和偉大的古喜劇作者亞里斯托發內斯。敘事詩雖如此流行，然而抒情詩卻殆未存在，這是很奇怪的。

其次在散文方面，則柏拉圖，枯賽諾紅，海羅多他斯，沙西弟代斯等雄辯家之優秀的散文很多。然而散文小說終未能發達。被編成在抒情詩未發達散文詩沒有的時代的亞里斯多德的文學理論，不用說牠的範圍是被拘束了的，便是他將提供在自己面前的文學的種類爲材料而建立了文學理論。

我們可以先說明他的文學理論的一方——詩學的大要。亞里斯多德最先述此書之計劃曰本書將處理詩之本質種類，和主要節（plot）之構成，節之數及性質，及其他詩的作法。其次他說，敘事詩，悲劇，喜劇，希臘的讚美歌，都是模倣，然而這些東西在模倣之媒介，對象及形式的點上，是各各不同。其次他對音樂舞蹈等非文學的模倣藝術加了一瞥；後來又轉向專依言語而模倣的藝術。在這裏，他遇到了一個困難。他找不到共通於索夫龍和其那兒加斯的喜劇，與蘇格拉底式對語和短長格，與哀歌調之詩的名字。他是反對音律造詩人這個觀念的。結果他作了例如說恩培多克爾斯非詩人那樣的不少的斷定。他關於媒介，略加了一點解釋後，卽更進而轉於對象之問題。模倣之對象應是活動著的人物。我們應當將他們「當作比人生好的東西」（卽英雄的或理想的表現），照實地（寫實的）或較現實人生爲壞地（漫畫或諷刺）描寫。

後來他移向了詩之哲學。他說，詩有兩個原因，便是模倣的本能和欲求調和的本能。後來他再進於歷史的記述，對荷馬，愛斯基拉斯，索福克利斯加了一瞥，論了在此各作者之下的詩的進步。他對於喜劇說得很簡單；卻尊重敍事詩及悲劇，特加以處理。其論述先從有名的悲劇論開始。他定義悲劇說：

「悲劇是一種模倣，是眞摯的完全的具有一定的威嚴的行爲的稱應於演戲之各部分，依著各各的種類的美術的裝飾著的言辭和不是故事的動作的樣式，將悲愁和恐怖適度淨化而使用的模倣。」（布嘉亞里斯多德的詩學二三頁）

其次舉出了爲悲劇所必要的要素。這便是（一）場面，（二）歌，卽音樂，（三）措辭，（四）性格，（五）思想，及（六）脚色；其中最重要的，便是事件之構成，卽脚色。因爲悲劇乃是動作及人生的模倣，並非人物的模倣，並且人生是存於動作，其目的是動作的樣相，而不是性質。再說脚色如何，能使動作活躍。所以動作比性格重要得多了。這一點和近代劇的內容是完全相反。在近代劇，性格是第一，動作是第二。這是近代劇之所以爲近代劇的重要的特色。然而希臘的悲劇，卻全然異其趣，動作和性格是在反對的位置。因爲是將這樣的悲劇的材料而組織成的悲劇論，所以亞里斯多德之將脚色視爲第一重要，可說是當然。

脚色不可無起承轉結之妙。這便是亞里斯多德的脚色統一論。這並不是主人公統一的意味，乃是動作場合之統一。又關於脚色之種類，他區別之爲二。一個是事件之因果關係必然的地發展下去，這便是所謂單純脚色。還有一個是事件急劇地變化（變轉），或者注定了的運命，因發見了新的事件，而向反對方向進行（再認）。含著這兩者或其一的，叫做複合脚色，並且他說悲劇裏似用複合脚色較好。

他的性格論，可歸於（一）性格應是善良；（二）性格應有妥當性，例如男子勇敢雖然很好，女子勇敢卻很不好看；（三）性格應忠實於人生；（四）性格要是始終一貫的。

在詩學裏面他還進而述悲劇的其他的四要素，更論敍事詩，他說文學的樣式，結局是以敍事詩和悲劇爲優，而二者之中，則要推悲劇爲第一，他說了他的理由，而結束了這一篇文學論。由今日看來，當然明明是不完全的文學理論；並且教示給我們的地方也不多。不過牠實做了歐洲近代美學的基礎，並且垂範於後世的文藝批評由這一點看來，牠的價値卻是決不能滅去的。

我們若將詩學看做文學理論，文藝批評的典型，那末修辭學可看做是文章學的最初的典型。又我們若以前者是關於音律文的，那末後者可以解作主要是關於散文的。這個書當然是依亞里斯多德的天才來完成的；不過別一方面也不是不能看做是時勢之產物。雄辯術恰同今日大學的職業文憑，是跨進實社會的證劵一樣，在當時，是上流階級的人們的出世的必備的武器。所以在希臘，（後來到了羅馬是更甚了）大雄辯家簇出了，累積了雄辯的豐富的實例。這些繁多的材料和時勢的要求，不就是使亞里斯多德完成了那空前絕後的大名著的原因嗎?

這修辭學也和詩學一樣，由今日看來，也不很適切，並且範圍也似乎過於廣汎了；然而牠的科學的組織，不但是給此後的修辭研究一個準則，並且使後來的各國各時代的修辭學結局無有位於其上者：由這一點看來，本書的價值也應當說是偉大了。

修辭學由三卷而成，第一卷主要是關於論旨證明之說，並且含著修辭之本領，效力，定義及分類等等的說明。第二卷也是關於論旨證明之說，在這裏主要是論著感情，論式，二段論法，舉例論法等。第三卷是關於話術，文體，及材料整理等問題的。其中和文藝批評有關係的，乃是第三卷，尤其是文體及材料整理之二項目，雖說是「文體」，然而他處理著的，和今日的文章不同，都是爲辯舌用的；所以這和文章家之術不同，而是俳優之術。在「材料整理」的地方，他論述應該如何聯結文章，他說斷敍文以斷止文句爲最妙，引了利西亞斯的演說的結尾「我說了——諸君聽了——事情已經全在諸君的手中——諸君自斷之」的斷敍的名句，代替了修辭學的結語。（五十嵐博士著新文章講話參照）

亞里斯多德以後

亞里斯多德有不少弟子，然而都似乎對他的對於文學的態度充分理解。並且後來的哲學者們也似乎對這一方面並沒有提供了多大興味。事實僅在說話術卽修辭學方面，有聯結於實際生活：一方面促成了實用的修辭學的發達，一方面有從哲學的立場將牠做成理論修辭學的風潮。

再將解剖刀輪向文學的本質問題，便是美的分析的，乃是新柏拉圖學徒。柏羅提挪斯（Plotinus, 204-269 A.D.）行了斷片的試論，而柏羅克魯斯（Proclus, 410-485 A.D.）則在柏拉圖的發斯特·阿爾西比亞代斯的註解中，處理了關於美的問題。然而比他們更其是文學的，乃是坡菲立（Porphry, 233-304 A.D.）的試論。當紀元三世紀前後，在亞立山大利亞存在了批評家兼文法學者的一派，這是無可疑的事實，並且在這方面，傑諾多得斯（Jenodotus, c. 208 B.C.），克拉底斯（Crates of Mallas, c. 2nd Cent.）等等的名字，我們都可知道；然而確實的文獻是沒有殘存下來。繼續他們的便是所謂希臘拉丁的古典註解家；再到後來，則有海爾摩蓋內斯（Hermogenes of Tarsus, c. 2nd

，Cent.）阿夫索尼亞斯（Aphthonius, 315 A. D.）等最後之希臘學派的一派，他們單是個修辭學者。

紀元二世時，克利索斯托姆（Chrysostom, Djon, 50-117），亞立斯泰提斯（Aristides of Smyrna, 129-189）馬克西馬斯（Maximus of Tyre, 170 A.D.）等等，乃是文藝批評的主要的代表者。其中克利索斯托姆，跟著利巴尼亞斯的修辭學，後來轉而研究神學了；他是一個風靡當代的古典文學的解說者註解者。耶穌紀元後的希臘批評家中最進步者，乃第歐尼西亞斯（Dionysius of Helicarnassus, 68-7 B.C.）；他爲盧西安（Lucian, 120-180 A.D.）和龍其那斯（Longinus, Dionysius Cassius，213?-273）等等開了新的道路。第歐尼西亞斯到羅馬去教授修辭學而過了他的生涯。他的著書，以修辭之術（The Art of Rhetoric）及詞之整理（The Arrangement of Words）等等爲最著。這時代的批評雖都是如此，尤其是在他的批評，未能認文學爲文學，而認爲道德和教育的手段。普路他克（Plutarch, 48-122 A. D.）是這個傾向中的最徹底者；他將文學看作了教育的倫理的一勢力以爲那是事實和模範的便利的貯藏庫。盧西安著了死人之對話神之對話等原是一個出名的諷刺家在關於希臘文學全盛時代的散文回想錄中卻顯示了卓越的批評家的素質。龍其那斯是在亞里斯多德和近代人的中間他試做過最聰明的裁斷的文藝批評的人他的著述則有文體之力又據說關於壯美也是他做的。

以上所述是很簡略的不過我們也已經敍述了希臘之文藝批評。今若舉其重要特色則第一倫理批評和藝術批評的一致是很觸自。這是希臘人的想法便是視善和美爲一的人生觀的當然的歸結這一點卽以亞里斯多德那樣的大批評家也是無可如何。第二是勸說法卽修辭學之發達。這也是應希臘國民生活之必要而生的當然的結果。第三是科學的推理的之點我們可以在這裏見到文學的歸納的研究科學的研究的端緒。蓋力蒐集多數材料而謀設一共通的法則這樣的態度和努力使人與動輒將文學藝術抽象地處理的後代的文藝批評對立而考之這時候乃更帶有重要性。

羅馬之文藝批評

在羅馬文學文藝批評決沒有能夠占了卓越的位置。文藝本身便既已全數繼自希臘，仰之為唯一模範，當然文藝批評是不能獨進於獨創之途的。羅馬人是實行的國民，而不是創造的國民；不是生出規則的國民，而是守規則的國民，——普通人家都是如此說的；在文學方面也不創造什麼新的樣式，並且當批評的時候，普通都是毫無改變地遵奉了希臘人設立的原則。羅馬的悲劇，是取範於希臘的；羅馬的喜劇，是跟從了阿器卡人之後之樣式。敘事詩更是成立於奴隸的模倣上；便是被仰為羅馬最大詩人的委給爾（Virgil, 70-19 B.C.），雖是步法穩健，並且鞋子也穿得漂亮，然而也不過是追隨著荷馬和亞坡羅尼亞斯（Apollonius, 295-215 B.C.）的足跡。抒情詩人也不發見什麼新鮮的計畫，歷史家亦然，文藝批評也未能免於這個運命。

既無獨立的文藝，所以行文藝批評的機會也少；即使有了，批評的性質也很薄弱。這是不用說的。雄辯勸說於羅馬人也是必要的，其程度和希臘相等，或且在其上；所以教授修辭學的人便漸漸多了。由形式上看來，修辭學似乎比希臘還要盛；然而至其實質，則幾乎一點進步也沒有。這是因爲在希臘，立在社會的上位的，必須是眞的雄辯家，然而在羅馬，地位和身分可用金錢購得，所以因此也沒有特別怎樣熱心學習雄辯術的必要了。所以努力想建設修辭法的新規則的文學的努力，也漸漸滅跡了。並且這也是文藝批評可振的一個理由。雖是如此，然文藝批評尚在雄辯術上保了餘脈。這眞是意想不到的事實上，文學上的批評或談話，在羅馬主要是向著雄辯術之一局部。西賽羅（Cicero Marcus Tullius, 106-43 B. C.），普利尼（Pliny, 23-79 A.D.）昆梯梁（Quintilian, 35-97 A.D.）等等，都將文學看做爲雄辯家而設的練習舞臺雜誌；並且以爲牠是雄辯家在重要的事情的間斷中的娛樂的一個手段。或以修辭學者的規則去律委給爾那樣的詩人，或依修辭上的法則，去正其用語法的善惡樣樣發癡的事，在當時是以爲當然的。

結果在羅馬終未現出眞正偉大的文藝批評。這裏我們只述其比較的主要的二三文藝批評家。在羅馬之初期，西賽羅及霍來斯（Horace, 65-8 B.C.）是可注目的。西賽羅是雄辯家，是政治家，並且是文學者，所以對希臘文學造詣甚深，最巧妙地將這些文學利用之於自己的辯舌，又將牠們作基礎而著述了修辭學的幾篇東西；然他只是從雄辯的見地來觀察的，所以由文藝批評的見地看來，是沒有什麼價值。他有一篇著述叫做雄辯術（De Oratore）。「他以師傅的組織為基礎，更參酌伊索格拉底亞里斯多德等希臘諸名家之所說，並且更以他自身的大雄辯家的經驗為材料而立了其說。所以他的修辭論中的有趣味的事，是在於其學說和實行的對照。這本書的大部分是巧妙地記述當時二大雄辯家克拉沙斯安托牛斯，英雄西撒和其他羅馬歷史上的有名的幾位雄辯家在克拉沙斯的別墅所發修辭學說的議論，再加進了自己的主張，以示其弟昆他斯的。所以有看壯大之劇之趣，羅馬的思想人物的精華，似乎都集於此處了。然而他之為雄辯家愈偉大，而為修辭學者卻愈不偉大。他說完全的雄辯家，可說是完全的人。這是遍滿在他修辭說的全體思想。」（根據五十嵐博士之新文章講話）

霍來斯本來是詩人，所以他以很多的書簡及其他形式，發表了關於文藝和人生的意見。其中書簡之一之詩作法（De Arte Poetica Liber），乃是說文學批評的原理的；後世之人認牠爲這方面的權威書。然而所謂他的理論，要之不出常識之範圍。他的教訓，不過是更能適應於生活的優良的常識之教。

在奧格斯他斯時代稍占重要位置的批評家賽內加（Seneca, Lucius Annaeus, 54 B.C.-38 A.D.）普通稱作 Seneca The Elder，他是一個修辭學者，關於修辭著有論議一書。裏面處理着雄辯術的技巧的方面，是很有名的書。更到了白銀時代，在羅馬諸批評家之中，被稱說最達於完成之域之昆梯梁，嶄然露了頭角。他的雄辯術系統（De Institutione Oratore）一般人都看做是在拉丁的世界中生出的最充實且最聰明的批評文學的應用。並且全是因爲這個著述，纔使他能和亞里斯多德，龍其那斯置於殆爲同等的位置。雄辯術系統，據說是將海爾美果拉斯以來的學者的修辭學最完全地表現了的。他說雄辯是所有的學藝。修養的究極目的，學者的精神上，道德上之一切修養，畢竟爲的是要做雄辯家。第一卷裏面，說從生出到學修辭學的準備教育；在最終之卷，說成了雄辯家後的鍛練人格的工夫。書中載着從荷馬到賽內加的希臘羅馬的重要作家的評論，縱橫地批評了牠。由這一點看來，也可知其所說之賅博精微了。然而大體不過聯結了羅馬的修辭學和希臘的修辭學而已，所以出於亞里斯多德的論點是很少的。祇是有這樣一點不同，便是在亞里斯多德較爲形式的底，到了昆梯梁，道德的色彩變得非常濃厚：這個要說是可以這樣說的。

繼昆梯梁而起者，乃爲文法學者的蓋流斯（Gellius, Aulus, 150 A.D.）與爲文法學者的馬克羅皮亞斯（Macrobius, 400 A.D.）和有名的委給爾的註釋者塞維亞斯（Servius, Marius Honoratus, 400 A.D.）；隔了很久，又出了馬爾梯亞奴斯・加培拉(Martianus Capella, 450 A.D.)等，然終無出昆梯梁之右者。如此，羅馬的文藝批評，祇是向着關於修辭法和文法論的學究的研究走。這傾向通過了暗黑時代還繼續着，到了十三世紀，終至使愛貝拉德(Eberhard, 1200?) 的拉皮林他斯 (Labyrinthus)，烔・嘎郎德 (John of Garlandia, 12th cent.) 的韻律法 (Arte Rhythmica) 等關於韻律的研究流行了。

修辭學被重視的理由，我們在前面也講過了；修辭學者，在當時很受社會的尊敬，修辭學教師之職在愛斯巴香帝時，遂成公職，在馬加斯·奧來流斯帝時，在雅典特設關於此學的學校組織。當時的修辭學校有兩個講座，一個是教純粹技術的修辭學，故稱之曰sophist式修辭學；別一個便是應用於法庭的修辭學，稱之曰政治的修辭學。教授前者的人有對雅典的青年的裁判權，免納租稅，享有種種特權，所以其中也有極其奢華的人。像sophist的一人，波來蒙那樣，據說每次旅行，有奴隸，家畜，馬，犬等等的行列跟着走，自己坐在很好的馬車裏面，又亞多梁到學堂去，則騎銀轡之馬；出至講堂的時候，則穿美麗的服裝，戴高價的寶石。祇要引這樣一兩個例，大概已能明白修辭學者是占着如何高的社會的地位了。（根據前記五十嵐博士之說）

羅馬文藝批評之特色

貴實行甚於空想，好守規則甚於設立規則，這樣的羅馬的國民性，一方面使文學成爲完全的古典主義，一方面使其批評成了完全的正統批評。合於這批評的標準的，都是古典主義的文學，也就是優秀的文學；不合於這個標準，含了什麽創意的文學，則被看做異端的文學。這正和後來的英國的正統派的批評家攻擊柯爾律治的新韻律，法國的正統派批評家攻擊維克多・囂俄的新文學是相同的。然而這個批評，乃是得其時所而出現的批評，應當說是因古典文學的條件而生了必要。並且尤其在文法及修辭方面，做了幾近於完全的研究；這個使文學成立的基礎確實了，其功績是不可滅去的。

又羅馬的文學批評的必然的結果，使擬古主義（Archaism）及文飾主義（Euphuism）那樣的文學上的新樣式，自中世紀垂及文藝復興期，擴張於歐洲的主要各國；不管各各的價值是怎樣，總不失為可注目的點。並且還有一點引我們的注意，便是這個批評樣式，從文藝復興期垂及十七八世紀，移植進了英國，而有了較其他各國更好的成效。前面也已說過，法國當然也移入了這樣的傾向，然而這個毋寧可說是希臘式的性質；和在英國所見到的大不相同。由這一點看來，可說是英國適於吸收羅馬式的東西，而法國乃適於培植希臘式的東西的土壤。英國國民性和羅馬古典主義，法國國民性和希臘古典主義，不是有着不可分離的關係嗎？

第三章　文藝復興期之批評

文藝復興期是幾時開始，中世時代是幾時終了，這個我們原不能因了甚麼時鐘的聲音明白知道。然而歷史家普通都是以第十五世紀的中葉，即一四五三年東羅馬帝國滅亡那時候，當作中世紀之終，文藝復興期之始。而所謂中世紀，乃指從那一年遡上去，到第五世紀之中頃，約一千年間而言；別稱黑暗時代。說起「文藝復興期」我們便想像一個新鮮之晨；說到「中世紀」聯想便馬上行向暗澹的夜。雖無人爲的區別，卻有自然的區別可認。

中世時代的批評

所以中世黑暗時代，從文明史的立場看來，乃是基督教的大權威遮蔽了一切的時代，希伯來主義思潮勝利的時代。法王比帝王的位置都要高；教會行了絕大的權力，勝過政廳。法王和教會不單是司靈魂的救濟和社會的制裁，他們也干涉學藝，工業，耕作的事。

他們將人民生殺的精神與物質的兩權利，一並收存手中。所以不遵從法王和教會的規定，人們是不能活下去的。無論學問，宗教，道德，一切都未能出教會的規定一步。個人的自由，人間的欲求那樣的證券，是絕對不通用的。只要握着教會所制定了的證典，那末便能算安全了。我們不相信在這樣的時代能繁榮起以自由創造爲基調的文學，能生出文藝的獨創的見解。然而中世時代，從文藝的立場看來，乃是頗重要的時期；從一般文化史上看來，也是重要的。

大體上說來，文藝可說是完全失了信用。聖經乃是文藝，乃是宗教，乃是政治：在這樣的時代，希臘羅馬的古典當然是所謂異教的(paganistic)，繙讀研究根本是不許的。這個似乎大略由四點而被反對了。第一是「文學非眞實的」的立場。這個見解，柏拉圖已經主張過，到了中世紀，乃復活起來而被利用了。神學者特他梁(Tertullian, 155-230)在“De Spectic”中說，眞理的著述家(神)憎惡一切虛僞，不眞的一切都是姦通。如此地排斥了古典文學，而說聖書和聖父傳中有不僞的眞正的平明易見的眞實。

第二說，乃自道德的標準而反對文學的。這也是在柏拉圖的荷馬評中可以見到的文學觀；在中世是很盛行。第三是心理的反對。這也是柏拉圖已經說過的；特他梁繼承其說，而說神命令我們靜心地和精靈交通，而文學——尤其是劇文學，却攪亂我們的精神。因此他們反對了文學。第四是由功利的見地而做的反對。文學在實生活上於我們毫無用處，牠不能驅逐我們使赴於實行，毋寧是使我們怠惰——這樣的思想，在中世時代是很強。

這一種思想很遍及，所以自由創造的文學沒有生出，並且新的文藝批評也沒有出現。然而文學和批評，乃是人們內心的自然的發動，乃是欲抑而不能的活動。所以在中世紀，存有了上述的狹隘的範圍內的文學和文藝批評。便是文學則爲基督教文學，批評則爲離開了審美批評的全道德批評，苟留其命脈。道德的批評中特別鮮明地顯示了中世的特色的，乃是文學的諷喻的解釋。這個解釋起初是詭辯學者和後來的犬儒學派解釋神話用的方法。據犬儒學派的哲學者說，則海拉求利斯和賽秀斯那樣的英雄，不是征服了怪獸和巨人的，單是雄偉的征服者，乃是戰勝了人類的惡德與情火的古代的聖人的symbol；隨着時候的移進，他們遂成了異教聖者的典型。後來被用於舊約聖書的物語上，聖經的物語被解釋成人的魂的種種道德的爭鬪的表現了；將這解釋法開始組織的地適用於異教的神話的，乃是發爾堅去斯（Fulgentius, Fabius Claudius Gordianus, 468-533）；在他的"Virgiliana Continentia"中，「愛尼德」成了照寫地描寫人生的東西，而「愛尼斯」之旅，成了人間的所有的進步的 symbol。

從這時候起，諷喻法乃成了一般的文學解釋法。培特拉爾加（Petrarch Francesco, 1304-1374），做照了發爾堅去斯而解釋了「愛尼德」，這個方法一被大家承認，其適用乃更形複雜；顧來果利大僧正對聖書附了文學的，諷喻的，及道德的三個意義；到了後來，更加了四個意味；如但底那樣，似乎對他的神曲要求了文學的，諷喻的，道德的，及神祕的四個意義。這個解釋法，是由倫理宗教之點是認文學，而不給文學以獨立的藝術的地位。因為一般人都是如此想，所以文學成了不過是民衆化了的一種神學那樣的東西。培特拉爾加和波喀嗟（Boccaccio Giovanni, 1313-1375）都將諷喻看做了文學的經緯。然而他們用了「神學正是文學的一形式」這個逆說，訂正了中世紀的見地。這兩個人主張說聖書本來是「詩的」底東西，基督自身大部分描了詩的映像而說人。

波喀嗟的"Dle Genealogia deorum"，一般人說他是近代世界詩人，爲了他自身的藝術的詩的最初的擁護。然而波喀嗟的想像文學的是認，主要還是以一般中世主義做了基據。詩人之職能，在波喀嗟，還是在美的虛構的面紗之下去隱藏實際的眞理。

從中世的末了到文藝復興期初頭出現了的人文主義者的見地，更帶了實際的性質。諷喻的解釋通過了文藝復興期而繼續了，例如曼將（Mantuan, Battista Spagnuoli, 1448-1516），他將詩定義得差不多是以爲應較從前更遵從嚴密的韻律法，且隱置根本的眞理於寓話的文學的表現下的文學的形式。到了更往後的著作者，他們將這個文學的解釋想作從道德對於文學的反對裏逃出的唯一的出路。如此，布魯尼（Bruni, Leonardo,1369-1444）在他的著作"De Studüs et Literis"中說「我們讀哀伊尼斯，代多的物語的時候，卽使感佩詩人的天才，然寫的事情很不給我們以道德的感銘。」他的意思便是說，旣知其爲虛構的東西則必不能得到什麼道德的感銘；所以文學是應由藝術家之成功而判斷之，而不應由道德家的效力立言。這明明是文學的審美的解釋。

嚴密的文學的擁護說，是根據霍來斯在他的詩論中說的那樣的根據而被試了。從奧古斯他斯時代的文藝復興期，這部詩論無論什麼時代都沒有被忽視過去；或舉出牠的名字或引用牠的言語。在六世紀頃則有西班牙的神學者伊齊多爾 (Isidore, 560?-636)，在十二世紀頃則有 John of Salisbury (1120-1180)，在十四世紀則有但底。霍來斯我們已經說過，他是主張文學詩歌的教訓和快樂，並且指摘了爲歷史上的文化要素的文學價值的。他的詩論中，有這樣的話：

> 爲神官及預言者的歐爾夫由慈，使住在森林中的人們停止了殺人，使他們脫離了慘苦的生活。又據說因此馴伏了虎和猛獅。又據說「泰貝」的創設者安風，以琴之聲動石，以他的有魅力的言詞，運石頭到他要運到的地方。這樣的智慧，是在於

區別公財和私財，分辨神聖和不淨，戒無定的雜婚，定夫婦之權，建城市，刻法律於木皮等等。

這個古代的詩人的職能觀念是很大的；早先在亞里斯托發內斯中現出，後來再生於文藝復興期；即在今日文學的理想主義的解釋者，也往往取這個見地。人文主義者開始所想的乃是這文學的倫理的文化的職能。行為是一切的研究的試金石；所以文學也看其把正的行為導至如何程度，而被決定其價值如此。布魯尼說詩歌乃是非常尊貴的知識的幫助，是使人向上的快樂的源泉；批各羅米尼（Piccolomini, Alessandro, 1508-1578）在他的著作"D; Liberorum Education"中斷言說「緊急問題，不是『詩應當輕侮嗎？』而是『應當如何利用詩人？』」他並且對他自己的質問明白地回答說：「詩人為了稱讚德義與非難惡德而寫的東西，都應當歡迎。」更進而說明人文主義者們說述了文學的神聖的起原，文學被所有的偉大的人們稱讚了，作者為帝王或貴族所愛護了等等事實，為文學盡了不少力。

從中世末了，到文藝復興期之初，我們可以知道關於文學詩歌有兩個相反的傾向。一方是表對於古代文化及顯示其文化之一相之詩歌的人文主義的尊敬之念的傾向；一方是表現不僅是中世的傳統，且和初期的基督教結合了的近於禁慾主義的清教主義的傾向。這兩個傾向，一方依了人文主義者坡利齊亞諾（Poliziano, Angelo, 1454-1494），一方依了道德改革者沙浮那羅拉（Savonarola, Girolamo, 1452-1498）以最高的形式說出了。在第十五世紀之終頃寫的他的"Sylvoe"裏面，坡利齊亞諾和波喀瞳在他的但底之生涯試了的一樣，對詩歌之原理考察了；後來倣照了霍來斯而說述了詩歌給人的高尚的影響，及給文明的進步的一般的影響。並且更進而對於詩歌的進步加了一瞥。在這個意味，他也許是寫了近代的文學史的最初人。在第二卷第三卷，他將古代的詩人神格化了，尤其推荷馬爲古代最大之賢者。然而他簡直一點也沒有從審美的價值的點去看詩歌。這大概是因爲他是人文主義的代表的詩人的原故吧。

反之，文學的清教的解釋，由沙浮那羅拉在他的著作"De Divisione ac Utilitate

"Omnium Scientarum"中縷縷地敍述了。他將所有的文學從基督教的立場看了，應其重要之程度，有効的程度，而將牠們分成各類，把文學詩歌和文法及論理放在同列了。因這中世的分類，大概便略能明白他的文學觀了。他攻擊了詩之濫用，然決沒有非難詩歌本身。然而在中心沒有寬容想像文學，這是很明白的。他和所有的時代的改革者一樣，暗中害怕着想像作用的自由的發動。所以把詩和論理關聯了的，是因爲他想着把想像排除於藝術之外是不可能的事。他的藝術觀的根柢，全然得自托馬斯·阿基那斯（Thomas Aquinas, 1225?-1274）。然而他說「不可把作詩法和詩的本質混同了，」這時候，倒更是接近於亞里斯多德。這個區別，也就是他對於他所認爲詩的最高尙神聖形式的聖書的辯護論。在他，詩和哲學思想是同等的東西。然而不能寬容低級的詩歌之點，則大概是附隨於把詩人放逐於理想國之外的柏拉圖。他特別嫌惡模倣古代的詩人們，否定了他們的優秀性，忽視了他們的功利性。實際革命家的他，乃是對於因人文主義者而起的文化的異教化的宗教的反動家。然而抵抗他的力量太強了，所以他所理想的文化的基督教化的力量終久衰了。古代異教文化再生的意味的人文主義和科學及藝術的近代精神的發展的意味的合理主義，遂成了支配將來的數世紀間之文學之力。然而沙浮那羅拉及坡利齊亞諾不過是告訴我們近代的文藝批評還沒有開始罷了。因爲對於古代及中世的詩的眞價的否定論尚未有合理的解答出現以前，純粹的文學批評無論在什麼意味都是不可能的。而這個解答獨因文藝復興期亞里斯多德的詩學的復活而出現了。我們在前面時代的概說的地方，說文藝復興期的批評的一特色是古典的，便是這個意味。我們在這裏還應當指摘出一個特色、傾向，這便是「浪漫的」。然而這個被前者之勢力所蔽，眞能發揮了牠的生命的，是在華茲華士柯爾律治的時代以後；這也是應當注意的。我們將在這裏簡單地說一說這浪漫的傾向特色已經暗暗裏從中世時代醞釀起來。

自由創造的批評的端緖

不能自由地讀閱希臘羅馬的古典，只有基督教的聖書做着早晚的讀書之友；這種生活，想像起來都太沒趣了。人不能單靠麵包而活；光是修身教科書精神慾望是不能滿足的。這個銷路終將於什麽地方找到，中世的人們雖對希臘羅馬的古典斷了念，然而一方面在各地的民謠裏面，在各地的物語裏面，或者在民衆的抒情詩裏面，尋到了藝術的滿足的對象。而這些藝術的表現，被民族的意識及國民的意識的勃興及發達所促，並且因爲各地方，各國語的獨立，遂能發達成和希臘羅馬的古典的法則簡直沒有關係的，自由的，獨特的藝術。就中因中世封建的社會的機構和其經濟的機構的必然的結果而生的騎士物語等等，有了顯著的發達。例如以亞力山大大帝爲中心的，以該撒爲中心的，以夏理曼大帝爲中心的，或以阿沙王爲中心的等等，各因發達的地域不同，內容形式都構成了獨特的物語。

現在看一看在中世時代默默裏發達了的這些文學的特色，我們若以希臘羅馬的文學爲以都會爲中心而發達了的所謂都會文學，那末這個毋寧因發生在各地方這一點可稱爲地方文學。又若以希臘羅馬的文學大抵是多分持有貴族上流社會的文學的特色，那末中世之文學，可說是多分持有新興階級卽武士階級的性質。又前者重形式法則，而後者則以自由奔放爲生命。又前者若可說是在都會言辭上有權威，那末後者可說是在田舍言辭上有他的強味。前者是舊慣墨守，形式拘泥；後者是自由創造，不則不律。

要解釋這樣的新興文學的特色傾向，或使其發展進化完全，以從來的希臘羅馬的古典的法則，到底是不可能的。這個無論如何不得不待諸新的文學論。被這機運所促而出現了的，實乃浪漫的批評的先驅自國語（De Vugari Eloquio）。這書到底是誰做的，還沒有正確地被知道。然而普通都以爲是成於但底之筆。普通的文學史雖對這書未曾顧及；然而牠是和希臘羅馬的古典主義全然無關，根據新的自由創造的原則的最初的浪漫主義的批評，在文藝批評史上是甚貴重的資料。所以我們可以根據森次巴立的批評史裏所說的，把牠的性質特色簡單地說明一下。

但底在他的孔維托（Convito）中說：「我將在別的處所，更充分地說一說拉丁語及自國語的問題。」這所謂別的處所，不用說乃是自國語。又波喀喳在他的但底的生涯裏面，說但底在近於死的時候，寫了這本書。這個陳述，並且由歷史家維拉尼（Villani,

Giovanni, 1280-1348）確證了據這些人所記，這本書乃用拉丁語的散文寫的，全書由兩部而成；關於其他則一無所聞。一五二九年詩人及劇曲家特立西諾（Trissino）在維生札出了牠的意大利譯本。一五七七年，耶各坡·高爾皮內利（Jacopo Corbinelli）在巴黎發行了拉丁的文原本；他所用的，並且被想像做數世紀間唯一無二的原稿，似乎和一八四〇年在格來諾布爾發見，一八九二年發行了的是相同。並且此外初期的原稿還有二種，其一種是屬於特利發爾第的，從陳古的點說來和格來諾布爾的相同，並不是一四〇〇年以前的東西。還有一種是在發梯康宮殿，這個據說是新了一世紀。

書的第一卷主要是說言語的問題，到了第二卷，則說及文學——至少是中世的初期在文學中占着重要部分的詩歌的問題。但底最初述自己的抱負說：「我們自然地跟乳母學自國語，後來便學羅馬人稱為文法的別的第二言語；然而自國語是較為自然，較為高尚，所以我們應先開始自國語的研究。」在這裏，我們已經能聽到言語之改革者，文學之改造者的抱負了。他從言語說話的起源說起，他說唯人類有說話的識能，所以生出了爲其媒介物的言語。在這世間最先開口的人，普通都說是夏娃；然而男子似乎比女人先說話。這或者是因爲一般人以爲前者比後者伶俐，所以會如此想。他更進而對歐洲之言語加了一瞥，把牠分類爲三便是「條頓尼克．斯拉夫尼克」「士拉娘」或「遼達」及「羅曼斯」。其次詳述「羅曼斯」，更及於自國的意大利語，究其各地方的特色，舉出總括的特色四點，而說其中適於文學者乃明適的言語(Illustrious Language)。據他的意思，這正是最良的言語，所以文學應以明透的自國語表現之。

第二卷前面也已講過，就是他的所謂文學論適於明透的自國語表現的主題是什麼呢？這是戰爭(Salus or War)，戀愛(Venus or Love)，道德美(Virtus or Moral Beauty)。從這內容語移向形式論，揭出了「明透的自國語詩的樣式是什麼？」這一個問題，舉出了抒情詩(Canzoni)，民謠(Ballades)，小調(Sonnets)等。然而結局他將抒情詩看做了最良的東西。又一般的詩的定義，說是「作音樂的排置的修辭的假作」(Fictio rhetorica in musica posita = rhetorical fiction set in music)。這明明是爲欲和散文區別而設的定義，故取了 poetry 的廣義的意味。關於詩的細論可觀的也不少。然而這裏不能一一加以說明，僅概括全體的特色如下。

第一，是換了文學的標準語。從來以希臘語拉丁語為文學上的言語，而現在却以自國語為最適於表現文學而宣言自國語——便是各國民有的各國語的獨立。第二點是促成了意大利獨特的文學，推而至於各國民獨特的文學的興隆。第三點，因為材料不僅是古代詩，而是很新的，（例如德意志的 Minnesinger，即吟誦詩人等，意大利各地的民謠等）並且大體脫却了古典的詩歌論（雖不是完全），所以眞的構成了獨特的文學論。第四，是着了自由創造的批評的先鞭這一點。第五，從前的文學論置重於敘事詩，然而這裏却置重於抒情詩。——這幾點，都帶着近代的批評的意義，在這個意味，簡直可以看作近代批評的萌芽。這個近代的浪漫的批評，到了文藝復興期照理當要產出華盛的結果；然因為在別一方面被古典主義的復活所壓倒了，僅在莎士比亞的作品中的斷片語裏，實際有這一種的批評的發現，尤其是在第十七八世紀的新古典時代，簡直全然被拋出於門

題外了。然也只是使蟄伏期延長了一點而已，在十九世紀初的確開了美麗眩目的花朵

「書本身長久不為人所知，遲至發行以後還未引起人家一點注意，或在大體上被人誤解，或全然不被理解，其一部分當然和牠的非常的早熟的事實有關係。在近代文學的大門口。但底便預想了，並且遵從了那些做着建築工作的或出入於建築中的屋子的各房間的一切人，或大多的人所還沒有明白的方法，」——森次巴立這樣地說，但底生存在中世，然而其心却是近代人；這個不獨是在神曲，在文藝批評裏也是這樣。

文藝復興期批評之概觀

文藝復興期的批評的第一問題，是承認文藝的自身審美意識和批評能力，中世時代並不是沒有，也不是被切斷了，這個我們前面已經講過；然而不必說宗教家和教育家，即是有批評能力的識者，對於文藝也取不信用的態度，這也是事實。文學之被尊重，只是當作哲學的婢僕，神學的使臣而被尊重的。換言之，即批評想像文學的時候，不以文學為標準而以其假托物為標準。詩歌若是被看重，那末這一定是因其有道德的要素，或宗教的效果的原故，這個現象，不限於中世時代，

無論在何時何國俱能見到；只是在中世時代，尤其利害。所以文藝復興期的批評的職能，最要緊的便是重行建設起文學的審美的基礎，其手段便是重行確認希臘文化的教訓，及在人間生活及藝術的世界中恢復美的要素所應佔的正當的位置。

意大利的批評

關於參加這運動的初期的意大利的學者，宗教家，詩人等等，我們已經稍爲說了一下。然而他們尙未能闡明文藝的獨立的意義。眞能闡明這意義的，乃在亞里斯多德的詩學再發見之後。所可怪者，亞里斯多德的詩學，在第十五世紀終末以前，殆無人拿牠當做問題。霍來斯及其他的古典有時還被引出；但是亞里斯多德在長久時期間，全然被埋於「無智之黑暗」中。後來偶然被發見了，便立刻擴張於意大利的詩文人之間，成了偉大的勢力。

在亞里斯多德的詩學裏尤被重視的，乃是模倣的根本論。便是在詩裏面被發見的東西，雖是自然人生的模倣，然較平凡的現實帶有高尙的性質。詩不處理個個特殊的東西，而處理普遍的東西；詩並不是寫事實上已有了的事，而是以描寫，及已有或將有的事物爲目的。約而言之，詩的目的不是特殊事件的事實，而是永遠的眞理的描寫。——便是這個理論。這是把實際的眞理和理想的眞理區別了的想法，斷定詩之職能專是在於描寫理想的眞實，這個可說是放正了近代批評的建設的基石。意大利的批評家，從他那裏借了範本努力樹立自家的見解。然而也不是全然沒有用了其他的範本。驚擾了霍來斯，和柏拍圖，也是不能忽視的事實。大尼愛羅 (Deaniello, Bernardo fl. c., 1530) 的詩論 (Poetica) 裏面，霍來斯的分子，做着詩之擁護之基礎。大尼愛羅倣傚了霍來斯，說詩人乃生活術之創案者，普通人都以爲哲學者是生活術的創案者，實際詩人更爲適於這個；哲學者是乾燥無味，而詩人則一面使你快樂，一面教示給你。他爲詩大吐氣焰。明他爾諾 (Mintarno Ant. Sebastiano fl. c., 1560) 也在他的著作詩人 (Poeta) 裏面，受了霍來斯的暗示，做了詩之擁護。便是將詩解作非常功利的，而說含着人間學問的凡百形式。又當時的批評家，爲欲說詩之効用，急於想將柏拉圖追放詩人於他的理想國之外的理由設法打破。如大尼愛羅和他索 (Tasso, Bernardo, 1493-1569)，他們斷定說，柏拉圖決不是反對詩，僅是非難其濫用而已。據他索之意，只有不純的稺弱的詩人被追放出理想國；而大尼愛羅則更說只有不道德的悲劇詩人尤其是猥褻的喜劇作家才遭遇這運命。如明他爾諾和夫拉加斯托羅 (Fracastoro, Jeronims, 1483-1553)，更由哲學的根據答了柏拉圖的反對。此外無論是詩論(Poetica)的著者加斯台羅飛脫羅(Castelvetro, Lodovico, 1505-71) 或者斯加利製 (Scaliger, Julius Justus, 1540-1609)，都是或依阿里斯多德，或依霍來斯，或依柏拉圖，一心地努力於承認詩歌文學的獨立的價值了。所以在文學者和批評家之間，暗默之間弄成了關於文藝批評的規則，誰都遵奉了牠。森次巴立曾將這點要約地說述了；今譯出如左，以作理解意大利文藝復興期的批評的概觀的暗示。

「關於詩的更高尚更抽象的問題 (這決不可等閑視之)，亞里斯多德乃是指導者。然而亞里斯多德的意味，直解之，不一定能說是自明之理。所以有時要補足。詩乃自然之模倣。然而這個模倣，只能依照實地描寫自然，或創造不是眞的存在，或者實際決沒有存在過，然是依從自然及理性的法則而行動的事物，才能實行。詩人不是公衆之打擾者，而正是其反對。然而詩人應當「一面使人高興，一面教示給人。」

當然的，以下所舉的批評家和詩人，受了但底的刺戟，也行了關於自國語文學的確立的研究和批評。然而他們也許是感得以現代詩人之作品做研究的材料而立詩論這事是一種不怎樣高級的事吧，在這一方面我們沒有看見有顯著的發達。當然此外也另有理由。我們已經說過，亞里斯多德在第十五世紀的中葉前後被人認知，同時便有了可驚的勢力；在第十六世紀的中頃，亞里斯多德成了文藝上之獨裁者。當時的批評家的權威斯加利割，曾將他作偶像看待。亞里斯多德的影響，後來在特命特會議也成了問題，因此亞里斯多德的主義，簡直有了和舊教的教義同等的權威。他的勢力，不但是在意大利，不久支配了歐洲全土，終至使新古典主義出現了。以承認自國文學的權威為出發點的浪漫主義的批評，在這時代未有充分的發達，乃是當然的。隨文藝復興而擡頭了的合理主義（這是牠的一個特色）漸得勢力，也使浪漫主義的批評的足鈍了，這也是易見的道理。和在繪圖，彫刻，建築或物語開了幾乎可驚異的芳香的想像之花的藝術的世界對象着，這又是如何規則的藝術的幾何的世界呢？

法國的文藝批評

法國在中世的仈暗的夜中，都還是沒有示弱。譬如頌德之歌，羅蘭之歌，屋卡珊和尼各萊特等表現了地方情調的抒情詩，如同芳香潔白的百合花一樣的開了。被文藝復興期的新鮮的晨氣所拂，應當是如何濃豔凄愴惱人呢？這大概誰都會如此想像的。然而不對，嫻於家政的婦人，纔是眞正文藝復興期的法國文學。這等文學的批評，當然也是端嚴的。

因了人文主義者們的古學研究，法國的文學和思想上從第十五世紀的終頃已射來了一道光明，這是事實。然而據說隨着第十六世紀初頭的「七文星派」(Pléide) 的誕生，而新與法國文藝也開始了。七人之中，布來 (Bellay, Joachim du, 1524-60) 和龍沙爾 (Rousard, Pierre de, 1524-85) 是普通人都曉得的詩人。布來在一五四九年著法國語之擁護和釋明 (Defense et Illustration de la Langue Française)，人稱其在法國文學史上作了 epoch。

在布來出此書以前的批評界，便是七文星派，他們的研究，也始終沒有出形式改造一步。不出用語之構成，新韻律之創造，古典文學之模倣之範圍。然而等到布來的擁護論發表了，法國的文學運動遂進出於新的方向。在布來之外，直接間接地爲這新運動盡了力的批評家有兩個。一個是意大利的斯加利衞。依他的詩論而盡了力；還有一個便是浮克林（Vauquelin de la Fresnaye, Jean, 1535-1607），依他的作詩法而盡了力。擁護論是記法國文學採入古典的理想的最初；而詩論則顯示法國批評採用亞里斯多德的原則；作詩法則爲顯示法國在第十六世紀蒐集并且承認了的批評觀的總算賬：我們可以如此看，布來的擁護論的目的，如其表題所示，是擁護法國語而告訴我們如何能使牠更近於尊嚴和完全。法國語到達於完全——這個唯有模倣希臘語和拉丁語才能做到：這是布來的信念；他在第一卷裏面述說并且證明了。第二卷囘答了根據希臘語拉丁語的模倣，如何才能使法國語完全的實際問題。結局擁護論是言語學的論究；爲了法國人，爲了法國語做了這個研究，正和但底在自國語中所做的有同樣的價值。又擁護論是受了意大利文藝批評的影響，這是不待言的。

亞里斯多德的詩學給影響於法國的批評界，也是從這時候開始的。布來的擁護論中，雖然舉出了牠的名字，然而並沒有根據牠的地方，因爲發行及其他關係，詩學進了法國的文藝界而開始給了牠影響的，是在擁護論出了之後。然而這個影響似乎非常急激強大，在一五七二年的某個記錄中，有「詩學中的偉大的亞里斯多德」這樣的話。這詩學中的悲劇論，尤其是斯加利劑的詩論中的演劇論使法國的劇曲古典化了。然而眞實的効果，非至第十七世紀不能見到。

以前便起了稿，然到了一六〇五年才發行了的浮克林的作詩法裏面的詩，是以亞里斯多德，霍來斯，維大，明他爾諾等古典和意大利的作着模型，作着源泉。因此，龍沙爾的弟子，七文星派之最後之代表者浮克林便成了將意大利批評之概念輸入於法國文藝批評的代表者。

再看一看當時的法國的文藝批評，我們可以知道那是較意大利的批評帶着實際的特質更多。法國的文藝批評爲了適應大的文藝運動的急需而被創造，在半世紀間不失其與這運動的關係，常用了實際的方法去幫助這個運動。詩人自身爲了辯護自己的詩作，或者便是認自己的主張，寫了詩的批評。演劇的批評，大部分由劇作者自己爲之。第十六世紀的法國的創作的能力和批評的能力的相互作用，乃是以前沒有見過的顯著的特色。因此批評上沒有理論化，這也是事實。這是到了第十七世紀才有的事。

到了文藝復興期末了，法國的文藝批評裏有了一味浪漫的要素。這是以西班牙演劇之輸入爲原因。第十六世紀的法國的演劇，不過是直學意大利人從賽尼加那裏借來的規則的模型而已。然而到了第十七世紀初頭，法國把 Model 從意大利之古典劇變更向西班牙的浪漫劇了。便是受了西班牙劇影響的哈爾第(Hardy, Alexandre, 15○0-1631) 的戲曲太亞傑奴與加立克列之戀愛(Les Amours de Theagene et Cariclée)被開演了。并且意大利的田園歌也加進了，第十七世紀的四分一半世紀，浪漫的傾向似乎很重要。

給西班牙的浪漫劇以理論的體系的，乃是"Egemplar Poético"(1606)的著者疆代拉貴發(Juan de la Cueva)和"Arte Nuevo ne Hacer Comedias"(1609)的著者羅浦代費加(Lope de Vega)。這兩人心內是古典主義者，並且理論也是古典主義者；然而却是叫着樹立國民劇的愛國主義者。疆叫着說：「劇場是應當模倣自然，并且應使人快樂。詩應模倣意大利人，并且應使正統的，又是很嚴正的批評家滿足。」又羅浦代費加的主張說，亞里斯多德的法則是唯一的眞實的法則，所以並不是一般地拒絕適用牠；然而民衆要求浪漫劇，滿足這個要求的，應當是劇作家。他并且還說：「我自己進而依從着以博大衆之稱讚爲唯一目的的人們想出的技巧去寫喜劇。既是民衆花了錢，那末爲什麽不給民衆以他們所要求的東西呢？」

法國的劇作家，在實際方面模了西班牙劇，在理論方面做了西班牙的理論家，當了作品之辯護。哈爾弟是這樣，夫郎索亞·歐傑爾(Francois Ogies fl. c, 1630)也是這樣。如此，浪漫劇得了勢力，到某個程度，大有抑止古典劇的進步之觀。然而前面已經講過，文藝之大道乃是古典主義所以自由奔放的浪漫劇還是沒有能充分地開花。別一方面，古典之傳統，以下述的三個理由更加有了健實的發展終進而成爲新古典主義了。第一理由便是馬來爾布（Malherbe, François de 1555-1628）等，對於七文星派的反動。他做了置重於詩之形式格調之說。七文星派採取了古典和意大利語，西班牙語，地方語，以及古「羅曼斯」（Romance）裏面的種種言語以圖擴大法國文學的詩的表現的範圍；馬來爾布却反對地要由法國語裏面取消一切擬語，新語，拉丁型之語，複合語和地方語。他的理想正是法國新古典主義的理想。他的計畫合了本來愛好妥當明晰，調和的法國人的性格，着着進了成功之途。

第二理由是第二次的意大利古典主義的流入。在這時期把意大利的批評觀念輸入了法國而貫浦侖（Chapelain, Jean, 1595-1674）和巴爾札克（Balzac, J. Guez de, 1594-1655）將這個自然化了。前者將意大利的形式上的法則輸入了法國，而後者把意大利人的批評的精神輸入法國了。又當時反了意大利的影響，技巧的敍事詩在法國有了異常的發達。還有斯加利割的演劇論，通過了愛安秀斯(Heinsius, Daniel, 1580-1655) 再度給了法國的古典悲劇不少影響。新古典主義之道，於是更平滑了。

第三理由是合理主義的影響，這個現象在意大利也能看見。這些勢力相匯相集，遂至使世界文藝史上稀見的新古典主義的時代出現了。浪漫主義那兒也沒有伸長的餘地了。窒息乃自然之數。

文藝復興期的英吉利的批評

越海而至英吉利，去看一看那兒的文藝批評界，那末我們可以知道文藝復興期的影響當然是很能認出，然而或許是因為地理的關係和國情的不同，文藝批評是非常發達。英國的批評也是到了文藝復興期才確立的。以前我們不能見到像批評的批評。威廉·加克斯頓 (Caxton, William, 1422-1491) 翻譯法國的傳記小說特羅衣歷史物語集自己印刷，並在刊行之際，附了自己的序文，普通以為這是近於批評似的發言。這也許是實際的英國批評的嚆矢，然比之日本文學的最初的批評紀貫之的古今集的序文等等，則遠是非組織的。在大陸方面文藝批許早巳組織的地發達了，然而英國却是牠的型態都不能被看見；漸次受了大陸的影響，好容易才能見其形：這個必有什麽根本的理由在。無他，只是因爲國語之發達及獨立遲了一點。英國在第十四世紀末了以前，使用着三國語，便是盎格羅·薩克遜語，拉丁語及法國語。第十五世紀末了，近而至於十七世紀，在文學方面都還使用着二國語，便是英語和拉丁語。所以隨着近代國家觀念的發達而亟急的，乃是國語之獨立。

在批評方面，這個意味的批評的精神的萌芽先能在第十六世紀見到。這便是言語的研究，文法的研究，修辭法的研究，進而至於韻律的研究，這些研究，幷沒有意大利和法蘭西那樣的豐饒。然而也自不無別箇的特色在。這個英國文藝批評，在第十六世紀及第十七世紀之間，似乎大凡通過了能明瞭地區別的五段階而發達了。第一期乃文學的純修辭的研究，據說是起始於各克斯（Coxe, Leonard）的修辭之術（Arte or Crafte of Rhetoryke, 1524）。後來又出了威爾遜（Wilson, Thomas ? 1-581）的修辭之術（Arte Rhetorike, 1553），這比各克斯的還要是獨創的，浮頓說牠是「用英語寫的批評的最初的書卽體系。」然而這時期的最重要的批評家，乃是阿斯康（Ascham, Roger, 1515-68）。說教育制度說詩的効用的校長（The Schoolmaster）乃自一五六三年至一五六八年寫成的所負於友人斯特拉斯堡的人文主義者約翰·斯士爾姆及在哈丟亞的大學做講師的恩師烱·氣克者甚多，然而這書裏面的批評的部分，似乎直接蒙了意大利人的修辭學研究的蔭。他雖由意大利的人文主義者受了恩惠，然而他對於意大利的浪漫的精神却是反對的。在研究初期的英文學的時候，應當把「意大利之文藝復興在伊利沙白朝時代給了兩樣影響」這事常置於念頭。英詩之意大利化，據說是由一五五七年托太爾的雜纂集的發行開始的。在這個時候，意大利的影響明明是浪漫的，然而意大利人文主義者的影響却全然和這浪漫的精神相反。所以阿斯康乃最初的英國的人文主義者。

第一期的英國的批評，全然始終於修辭的研究。英國的作家們開始把形式及文體視爲文學的特殊的現狀的，乃屬於這時候。而其結果則成了英吉利散文的文體構成。

第二期乃分類及韻律的研究時代，這個始於加斯各因 (Gascoigne, George,1525?-77) 的"Notes of Instruction concerning the making of Verse" (1575)。這個note乃是英國最初的作詩法。繼之怕台那姆 (Puttenham, George,fl. c., 1580) 的英詩作法 (Arte of English Poesic, 1589)——詩之形式，題材及修辭詞姿的最初的組織的分類——巴羅卡 (Bullokar, William,fl. c., 1586) 的英文法小徑 (Brief Grammar, 1586)——英國最初的組織的文法書——維布 (Webbe, William fl. c., 1580) 的英詩論稿 (Discourse of English Poetric, 1586)——最初試用古典的韻律於英詩者——等等出現了。由這些我們可以曉得，這個時期以作詩法的實際問題的研究和分類為特色。而直接間接幫了這個的忙的，乃是意大利的韻律學者。

第三是哲學的乃至釋明的時期，這時代的代表者，是西德尼 (Sidney, Sir Philip, 1554-86)。的詩歌擁護論 (Defence of Poesy, pub. 1595)又哈林頓 (Harington, Sir John, 1561-1612) 的詩歌之辯 (Apologic of Poetric, 1591)，但尼爾(Deaniel,Samuel,

1562-1619）的韻律的擁護（Defence of Rhyme,1604），培根（Bacon, Sir Francis, 1561-1626）的詩論（On Poesy, 1605）——在學問之進步中——等，也屬於此期，都是因清教徒對於詩歌，尤其是劇詩的攻擊，及古典主義者對於英詩作法乃至韻律的攻擊而激發出來的擁護論釋明論。在這些詩論的根底上，我們可以看出非常多的意大利的詩論的影響。可以這個時期是被看做受了意大利批評家的影響的時代。

第四是古典主義的時代；代表這個的，是炯遜（Johnson, Ben, 1573-1637）。在他以前的時期，概括地說來，乃浪漫的傾向；然至炯遜的時代，則生了尊重形式外形之風。這明明是第二期意大利的古典主義的影響。隨着炯遜而詩歌戲曲的研究成了創作的指導原理，乃是可注目的現象。又若要知炯遜的批評論，最便利的是看他的題作小詩人（The Poetaster）可比諸蛙的劇詩和對話篇發見（Discoveries）等。

第五是意大利的影響去了而受了法國的影響的時代；第十七世紀的後半，大概也可說是和新古典主義同居的時代。代夫南特（Devenant, Sir William, 1606-1668）

和霍布斯（Hobbes, 1588-1679）間來往的書簡裏面，已經可以看見這時候的特色；至言其代表者，則可說是德來登（Dryden, John 1631-1700）。他是如何顯示了新古典主義者的傾向，這個劇詩試論（An Essay of Dramatic Poesy, 1665）可以充分告訴了我們。到了這一期，浪漫的傾向全然沒影，世間將被新古典時代的形式主義所澀滯了。

要之文藝復興期的文藝批評上的事業，止是完成了文學之基礎工事，比之文學的實際方面，是很「相形見拙」的。在這一方面，實在開了他國不能與比的浪漫主義的美花，然而在批評方面，則不出一個莎士比亞，也沒有一個斯賓塞。并且批評的傾向，和實際是益進於反對的方向，終至使將莎士比亞的浪漫主義都否定了的新古典主義出現了。然而我們對於文藝復興期的批評家們，確立文學詩歌之意義及價值於社會，而宣言了牠的獨立這件事，是應當充分認其功績的。

第四章　近代及現代之文藝批評

新古典主義批評之一瞥

我們在前章的一二節中已經說着新古典時代將到來於批評之上。這新古典主義達了完成之域的，是第十七世紀的末了，在法蘭西。其代表者不用說當然是波亞羅（Boileau, Nicdas B. Despréaux, 1636-1711）。他繼續受了馬來爾布的信條，主張希臘羅馬的模型的神聖，不久便成了法蘭西文藝界的獨裁主義者。他倣霍來斯的詩論，著了詩論（L'art Poétique）；顯示了文學的確然的標準。這本書幾被稱爲古典主義的大教科書。不合於這個標準的文學他都不把牠們當作文學。在這樣的批評施着權威之下，充滿着自由的生命的文藝是生不出來的。反之，在形式方面是保了均整調和，在內容方面是道德的地健在的，貴族的，上品的文學出現了。第十七八世紀的法國，實乃這樣的古典的文學的寶庫。拉西奴（Racine, Jean, 1639-

1699）以及各爾內由（Corneille, Pierre, 1606-1684）莫里哀爾（Moliere, 1622-1673）等，細部雖各有特色，然在代表古典主義的特徵的點，却是相同的。

這新古典主義的傾向，從文藝復興期已經有了胚芽，一受了法國的影響，在英國也同樣地從第十七世紀到第十八世紀，風靡了文學界全體。德來登雖說尊重古典之風甚強，然而別一方面却還有反抗傳統的霸氣；至於坡浦（Pope, Alexander, 1688-1744），則完全被波亞羅的影響所支配了。阿弟遜（Addison, Joseph, 1672-1719）燗遜（Johnson, Samucel, 1709-84）的批評的傾向，也都是這樣，尤其是阿弟遜在“Spectator”報上揭載的米爾頓的失樂園評等等，乃其代表者。這個批評是根據亞里斯多德的詩學的原則，詳細地批評了失樂園；的適於其法則者可，不適者不可：便是這樣地批評了。在那裏我們既不能看見評者自身的趣味，也不能看見他的主觀。例如短歌裏有分二段的規則，所以若是分三段的歌，則無論如何有意思，也說是不合規則，沒有價值，所謂是拙歌——便是這樣的筆法。

要知道坡浦是如何熱心的古典主義者，只要由他所寫的東西裏面拾出幾個名字，便可以馬上明白了。譬如說牧童歌（Pastorals）——這是踏襲了委給爾的牧歌（Eclogues）的——伊利亞特（這是荷馬的翻譯，據說坡浦由此發了大財）奧特賽（這也是翻譯，）倣着霍來斯（Imitation of Horace）等等。

代坡浦而握了英文壇的獨裁權的炯遜乃獨立獨步的人，他不喜歡在自己以外受着什麽文學的規則的支配；然因造成他自己的尺度的教養全是古典，所以還是沒有離開古典主義的大道。炯遜在英國施行着這文學的獨裁權的時候，在法國則有浮爾太爾（Voltaire 1694-1778）展着他的稍爲褪色了的古典主義的錦旗。然而浪漫主義的復活，暗默之間早已在兩國伏了深根。換言之，便是新的浪漫主義的批評，近代批評將要發出呼聲了。即在自第十八世紀終至第十九世紀始，我們可和大體與支配以前的歐洲文藝界的所謂古典的批評完全不同的新文藝批評接觸了。當和古典的批評臨別的時候，我們將把牠總評一下，說明其特色，且作理解新文藝批評之一助。

古典批評，有置重於文藝的形式勝於內容的傾向。在這個意味，我們可以稱之爲形式批評。因爲是設了古典的尺度標準而對文藝定其佳不佳，所以在這個意味，我們也可以稱之爲裁斷乃至評價批評。又因爲評價的標準是存在於客觀方面而不存於主觀之中，所以我們也可以稱之爲客觀批評。所以我們可以知道古典批評的特色，盡於形式的，裁斷的乃至評價的，乃至客觀的的性質。這個在社會的人們甘於封建的思想的支配期間，以感情之抑壓爲道德之一則期間，我們不知道怎樣然而於容許了個性之自由，感情的解放的近代人，到底是不能忍耐的。古典批評之被棄，乃社會的必然。近代批評的要求，不外是根據於這個必然。所以牠的特色也得略言之。便是，古典批評是形式的而這是內容的，古典批評是裁斷的乃至評價的而這是說明的乃至鑑賞的，古典批評是客觀的而這是主觀的——我們將這個看作近代批評的主要特色，大體是沒錯的。當然這是指大體的特色傾向，是不能推及全體的。也有換了標準的新裁斷批評，並且因爲內容和形式便已是問題，所以即一概而稱作內容批評，形式批評，裏面也有微妙的關係，並且主觀客觀也是近代文藝裏面的麻煩的問題，所以是不能一概而定之的——這些點預先聲明，請不要誤解。

近代批評之擡頭

若廣闊地從一般文學上面看來，近代浪漫主義之聲，早由德國的萊森（Lessing, Gotthold Ephrain,1729-1781）和海爾代爾（Herder, Gottfried Von, 1744-1803）放出了。尤其是在萊森的「Laocoon論」中，我們已可看出非古典的批評的解釋的近代批評的胚種。德國在十八世紀以前，從未有偉大的文學；萊森以前，亦未曾有批評家。然從十八世紀後半至十九世紀初頭，由所謂「大暴風雨」時代，生出了偉大的浪漫主義文學。然而近代批評的自覺的發聲，毋寧是不存於此，而明瞭地放於隔了海的英國的湖畔地方。這個發聲者，乃華茲華士（Words worth, William, 1770-1850）柯爾律治（Coleridge, Samuel Jaylor, 1772-1834）。寫在和柯爾律治的抒情小曲集（Lyrical Ballads）第二版上的華茲華士的序文，一方面是投在英國詩壇的爆彈，一方面也是根本變革批評的標準的投石。他說：「詩是感情的自然的流露，自然是應當用我們用着的語言，詩的措辭那樣是無用的。而眞的美乃存於自然，所以應當寫牠。」內容外形兩方面都反對了古典主義。但底在他的自國語裏面的呼聲，於斯復活，而帶了生命。柯爾律治在文學傳(Biographia Literaria)裏面也示着同一傾向，哈慈立特 (Hazlitt, William, 1801-1894)，拉姆 (Lamb, Charles, 1775-1834)，杭特(Hunt, James Henry Leigh, 1784-1869) 等也集來直接間接參加了這個革新運動，故略能驅逐了舊來的古典主義，而設了浪漫主義的批評的確實的基礎。

法國稍爲晚了一點：等到桑特·布夫 (Sainte Beuve, Charlis Augustin, 1804-1869)，出，批評界的形勢遂定了。他排斥了波亞羅一派的詩學，棄去一切標準，只管尊重自己的印象和感情。要之，在他批評是印象的記錄。但法國究竟因爲是古典主義的完成國，故在浪漫主義的批評占有穩固的地位以前，曾和古典批評起厲害的戰爭。幸而有雨果 (Hugo, Victor, 1802-1885) 那樣的幫手，所以新批評在十九世紀前半中，就確立了牠的地位。

故十九世紀的前半，乃是批評的革命期。因革命而得的新批評，近代批評或浪漫批評的信條，森次巴立曾記在他的批評史裏。今僅舉其主要者如左：

一 應研究文學的一切時期。一切都是對於批評家的教訓。

一 不能用文學之一時期規定別的時期。各時期有各各的法則。倘要設什麽一般的法則於此等之上，則應當包括牠們一切。

一 沒有必要，不可增多規則。得承認的規則，乃採擇自善良的詩人及散文作家的實際，而非課於他們的。

一 文學應「依事件」而評價。無花果之存在，不能證明薊之存在。

一 文學的主體是喜悅，其精神是想像，其肉體是文體。

一 人應好其所好。還喜好正是他的批評的事實。

森次巴立并且還舉着這樣的極端的例：

一 無所依於主題。一切都保存於主題之處理。

一 好的詩人或散文作家。不必要是好人。不是好人當然是可憾的。并且文學卽依從風俗習慣的法則，也不依從道德的法則。

一 批評家之第一要件，便是不可無印象享受的能力。第二要件，乃表現牠，分配牠的能力。

一 奇怪的美是不能有的。美自身要求是認，設立規則。

這些信條在實際上是帶了什麽形態而實現的呢?第十九世紀中葉以後的批評，如實地告訴着我們。

藝術至上主義的批評

那末新批評便將這些信條如實地實現了嗎?決不是如此。例如卽使說標準不置於客觀，不求之於古典之理法，而一意依從主觀和印象——這裏面已經生了主觀和印象的內容的問題。我們可以分兩頭述之。主觀和印象都是個人的，所以依主觀和印象的文學的鑑賞也是個人的。依這鑑賞的批評全是個人的。所以因人而異，不能一致，原是當然的事。——一方面生出了這樣的批評的安那其主義。這普通稱爲印象批評。法國的阿那托爾・法郎士 (France, Anatole, 1844-1925) 等，乃其代表者。

若以批評爲作家的代辯而能滿足，那末印象批評的存在理由是成立的。然而便是於這印象批評，暗默裏也有依個人之趣味的評價在活動着。想把這評價意識的地表現，乃是自然的傾向。桑特・布夫等等，便是好例。布梁傑爾也說過的，最初寫了像自家印象的記那樣的主觀批評，然而不久便對這個感了不滿而感得有研究作者的個性，境遇，遺傳的必要，想置客觀的標準而滿足牠。這個傾向到了泰納乃更顯著了。他揭出了作家之環境，時代及人種的三標準以評價一切作品。他以爲應當取科學者那樣的態度研究作品而決定其價值。普通稱之曰科學的批評。英國的新進批評家愛利歐特 (Eliot, Thomas Sterne) 斯特拉奇 (Strachey, Lytton) 等也屬於這個傾向。

印象批評，有時伴有個人的好惡觀也有黨派的野心潛入的餘地。並且有時候這些成了暗默的標準。英國從第十九世紀的中葉至後半，很顯著地現出了這個傾向。出來添積這個弊害後來開了稱爲鑑賞批評的批評的一派的，乃是阿諾爾德。他有一句話，我以爲很能表出他的文學觀批評觀。便是「詩乃人生之批評」一語。是人生的批評，所以不能以客觀的標準臨之。他說批評只要是以公正無私的態度味說的便可以。他敢然地立當時的政治的，功利的，實際的，宗教的標準臨於文學的風潮中「沒利害」一言，我以爲很能觸着鑑賞批評的眞髓。然而因鑑賞批評而得的是什麼呢？結局不是作品的解說，解釋嗎？這樣種類的批評家，如何能成爲他在批評職能論裏面力說了的新思想創造的參加者呢？

他主張應將文學藝術超越出實際的見地，政治宗教功利的實際的見地，所以也可以解作他是唱「爲藝術的藝術」的。所以使藝術生出價值的標準，是在藝術內，而不是在藝術之外。由這個見地，窩爾忒·佩忒(Walter Peter)出來了，王爾德(Oscar Wilde)出來了，西孟斯(Symons)出現了。森次巴立稱佩忒的批評爲快樂主義，似乎是把他的傾向如實地表現了的。據他的意思，文學究極的要素，是感覺的，而不是知識的。這感覺的要素，訴於感覺，方成立文學的價值。換言之，便是文學之價值，因滿足感覺的程度而決定。佩忒在這快樂之多寡高下中探求文藝的評批標準。他的主張，可在他的著作文藝復興(She Renaissance 1873)的序文中窺見。今簡述其主要點如下。

藝術和詩之研究者，只下了美的抽象的定義，然而單是這個，美是絲毫不能被說明的。美學研究者的目的是以具體的言辭(不是抽象的言辭)去給美下定義。發見最妥當地顯示個個美的表現的公式(而不是發見美的普遍的公式)。

「如實地觀察，」阿諾爾德這句話，很正確地顯示了一切真的批評的目的，若移之於審美批評則爲知道，識別由審美對象所受的如實的印象。若得了快感的印象，則其種類與程度爲如何？對於這個的回答，正是藝術批評得關係的根本事實。

比這佩忒之說更進一步的，乃王爾德(Wilde, Oscar, 1844-1890)的唯美批評。「批評家者，乃將善的東西的印象翻譯之於別的樣式或新的材料之謂，」在他這句話裏面，我們可以看見佩忒的影響；將佩忒的快樂換做廣意味之詞「美，」這是他的特色。他的本來的主張，乃是批評應是美的歎稱。由這個主張推想，我們當然也可以知道批評的標準。便是將佩忒所說的快樂更推廣而爲美，所以我們可以知道是把這個美做了標準。然而所謂美，乃佩忒所說的那樣的抽象的。所以在這個意味，王爾德可以說是把非科學的抽象的東西做了批評的標準。美是相對的，不絕地變化。然而這唯美批評是給了英國的第十九世紀後半的文藝美術界深的影響。

人生主義的批評

所謂快樂所謂美，不過是表示第十九世紀後半的批評一個標準。在別方面，還有參預人生最後的眞理的批評這個我們不應忘却。美和快樂，能使人生豐富，擴大人生；然而使人生積極地活動，使進於較善的狀態的，並不是快樂和美。却是別一個力。有些人呼之曰創造力，有些人呼之曰活力，還有些人呼之曰理想之力。然而這個力决不是一定不變的，因時代，因場所而異其出現的姿態。文藝應表示此力而迫人。所以文學評價的標準，是依此力之有無强弱而决定。史家稱根據這個標準的近代批評，謂之人生主義的批評。

英國的卡萊爾(Carlyle)，早已替此種批評發了第一次的聲音。他在英雄崇拜論中「詩人的英雄」裏面說：「詩人和預言者。在我們的近代的浪漫的概念裏，是很不同。在所有的古代國語，此等名稱是同義語。Vates的意思，也是預言者，也是詩人。而實際在所有的時代，預言者和詩人，在被充分理解的時候，是有很相似的意味。」所以據他的意思，詩人也應當和預言者一樣，滲入於貴推(Goethe)的所謂「公然的深祕」，開披牠預言新人生新文明。他以這樣的思想，和文學藝術接觸了。這個明明是把批評之標準求之於人生的理想的要素——換言之，即真理的思想。在Latter Day Pamphlets中的新唐寧街(The New Downing Street, 1850)的一節，諷刺英國當時的文藝的一段，很能顯示其特色。

「文學，如此呼着的奇異的實體——這個是現存着的事實。如果文學繼續着被追放了的精神主義（者）的天國，在那裏有如炯遜，貴推那樣的世界的真的大僧正，並且和以前一樣地公開，那末文學也許是希望。譬如文學萎縮而化得和單單的丑角的諧謔空囈言及如同精神的把戲一樣的跳繩舞（Opear-dance），拿着帽子討個一錢半文的流氓一樣，（這個事情是能有的）那末文學沒有什麽希望。」

卡萊爾弟子，並且是一代的美術批評家社會批評家的有名的羅斯金（John Ruskin），他對於文學藝術，也依和卡萊爾大略相同的標準。據他的意思，美和眞和善，本可爲同一的東西，所以表現了眞實的美的東西，同時也是眞，也是善。文學藝術，應是這樣的美的表現。而這樣的文學藝術，才能導人生於較善的狀態：這便是他的藝術觀。又以藝術爲向新文明新人生的招呼，這一點也是和卡萊爾相同。他的永久的喜悅，實乃說了使藝術和社會民衆的接近成爲可能的方法的；在那裏，我們可以窺見他是如何想把藝術爲人生而功利化。然而他在別一方面，有些地方似乎也是藝術至上主義者。這是因爲他受古典的教養所惠，在一句希臘語裏也看出了無限的美，而有感激的性質。然而大概正是因爲有此感激性，才把文學藝術作爲美的社會改造的一助的吧？快樂和眞理，藝術至上主義和人生主義的融合，在某個意味，也能在他裏面看出；然此處無究此的餘地。只是暗示便算了。

第十九世紀後半，設了以人生主義爲基礎的一個標準，而對付了文藝批評的勇敢的文藝的破壞者，大概便是托爾斯泰(Leo Tolstoy, 1828 1910)，他在藝術論 (What is Art)裏面自己發案了區別善藝術和惡藝術，眞藝術和擬藝術的明瞭的標準。他借用了德國的美學者的感情移入說，而替藝術下定義說：「一個人以在同一感情上把別人和自己聯結的目的，用一定的外的表象表現其感情，這時候，藝術便開始了。」故無論什麽感情，都可以成爲藝術的要素，然因其種類如何，而被區別之爲善藝術和惡藝術，眞藝術和擬藝術。感情有兩種，一種是萬人共通的普遍的感情，一種是只具於特殊之人，所以只有特殊之人能理解的感情。托爾斯泰稱這前者的感情的藝術爲普遍的藝術或民衆藝術，而將牠解作被萬人所眞實理解，所以有好的効果的藝術；稱後者的感情的爲特殊藝術或擬藝術，極力排斥了牠。象徵派的作品也照這個標準被判斷了，由托爾斯泰看來，簡直一錢不値。而將伊利亞特，奧特賽和迪更斯的有的作品，斯托夫人的 Uncle 'Tom's

Cabin 等等看做了眞藝術，善藝術。

托爾斯泰並且還設了別一個標準。便是，將最高最善的感情託於表現的藝術，又高尙的，眞的，善藝術。那末最高最善的感情是什麼呢？這乃由時代的宗教意識流出的感情。無論在如何的時代，無論在如何的社會，必有相當於這個時代，這個社會的人生觀，做着這個社會的要求，這時代的憧憬的目標。所謂一時代的宗教意識，不用說便是這人生觀這目標。把這個強有力地表現了的藝術，乃善藝術，眞藝術；而能在這時代的人生，社會，發揮價值。然據托爾斯泰，「在我們的時代，人們共通的宗教意識，乃人類同胞的意識——人類之幸福，存於與同胞結合。」所以藝術應把這意識移於感情；完了這個職務的藝術，在現代乃是眞而且善的，同時也是有効的藝術。這是托爾斯泰的人道主義精神的藝術理論化；同胞精神，人道主義精神的有無，在這裏決定着藝術的價值。評價的標準尺度，乃同胞精神，人道主義的感情化。並且在現代，這同胞精神，人道主義精神乃普遍的意識，所以也可以是普遍的感情，其表現也是普遍藝術。

由上說看來，我們可以知道他的藝術的標準之基礎，是宗教和道德。然而這個也不能只是和蕭伯納(Shaw, Bernard,1856)的批評一樣，解作「老人的藝術趣味的難避免的廢物」(Tolstoy's What is Art?, 1898)。他定的標準，不一定便能說是陳腐的廢物的尺度。在近代藝術的多半，以及莎士比亞等的批評，或將這個尺度的使用法弄錯了，或着他自己以爲是用的這個尺度，然而實際用的是牠的冒充（即舊式的古尺）；因此有了錯誤的批評，也被後人誤解作爲舊式批評家。在廣的意味，是根據宗教和道德的標準；然其內容，和以前的多數古典批評家所用的宗教和道德的標準，性質是非常不同。所以他的藝術論，似乎不應該一概而說是舊式的道德的藝術論。

從來俄國多置標準於人生之眞理的批評，雖然和托爾斯泰的意味多寡有不同之處。單爲了美而追求美，這是俄國的批評家和文學者所不能堪的。克魯泡特金（Kropotkin, Prince Peter Alexēvitch, 1842-1921）的俄羅斯文學的實際和理想（Realities and Ideals of Russian Literature,1905）裏面作家論，做着牠的根底的評價意識裏，潛有着對於理想之人生，社會的作者的情熱。換言之，便是他的批評的標準，乃是人生社會的最後的眞理。

創造的批評

以上，雖然是極粗略，我們已經述了第十九世紀後半的大概。由那裏，我們可以知道舊標準雖是打破了，然而批評的最後的階梯，旣已如本稿開頭所說，是評價，是判斷，那末近代批評也不可以不拿牠來做根據。便是，綱目雖有種種區別，然而大體有兩種標準，一種是使文藝依着文藝自身的標準，一種是欲使文藝依着人生的標準。這是相矛盾而存在於近代批評的兩個標準，近代的批評的論爭，可說都是由這個矛盾而出發，然而若由公平的觀察看來，似乎遽難決定那一個是眞，那一個是僞。並不取一個捨別一個，而將兩個合成一個尺度標準，是不可能的嗎？——注意這事的，似乎是二十世紀生出的創造的批評。開初用這句話的，似乎是德國的貴推。斯賓甘 (J. E. Spingarn) 在他的創造的批評 (Creative Criticism: Essays on the Unity of Genius and Tastes) 裏面引用着。然而附這個名稱於某一批評的傾向，開初使牠成爲明瞭的，大概是斯賓甘。

據斯賓甘所說，創造的批評依據克羅傑之說，由「藝術是表現」這個假定出發。并沒有規定，只是自由的藝術家的表現。若能這樣說，乃是天才的表現。乃是離開了道德，形式，人生一切卑近的東西的自由的表現。所以批評家不應以既成的定規而測量之。受了作品的印象，將牠表現出來便可以了。作品既是自由的表現，是創造的，所以牠的批評也是創造。創造的本能和批評的本能是同一。所以審美的判斷和藝術的創造，也可以說是有同一活力的本能。所以評衡藝術的標準，藝術自身中有之——結論便是如此。這并不一定說是到了第二十世紀才有的傾向，我們也能在佩忒，阿諾爾德裏面看見；在最近的英國的新近批評家一派，似乎特別是極端的。藝術乃融和了眞和美的人生的表現，故用和從實人生得了題材的時候同樣的心境而行再創造——這便是批評家的職能。這種批評所要表明的，不單是情緒和焦燥性。也有時候是特殊的美感，也有時候，是宗教，或特殊的道德觀。并非還有時候是求被打碎了的社會的理想的改造的熱烈的表現。例如浮賽特(Fausset, Hugh Lanson, 1895-) 和馬利 (Murry, John Middleton, 1889-)所告訴我們的那樣。據馬利的意思，藝術乃人間生活的理想的啓示。牠們理想，乃是道德的理想，卽善良的生活；所以只要自發的地服從「藝術活動自有其支配權」這個原則便可以了。又關於批評，他說：「眞的批評，牠自身便是全藝術活動的有機的一部。這是藝術對於藝術自身的權力的行使。所以不是外來者課的……藝術乃生活的意識，同樣，批評乃藝術的意識。眞的批評的本質的活動，是有依據藝術的藝術的調和的統御。」（文學之諸相中之「文批評之職能」（"Aspects of Literaturie"）。

又根據浮賽特的解釋，批評之職能，應當是使人們的情緒成爲壯嚴，和區別藝術中的偶發的感覺和個人的欲望與依着藝術的合理的內容因眞實而成爲絕對的的東西，眞的藝術，表現着人生的深的理解，所以批評家應當同感於牠，并且使牠高調。

這一派的批評裏面，可以看出人生主義和藝術主義，眞理和快樂的幼稚的混合；然似尙未至眞的這兩者的結合飽和的境地。并且還有些偏重藝術主義，卽快樂之標準。若在這裏可以見出完全的結合飽和的境地，那末大概可說是文藝批評的極致了吧？

社會的乃至社會主義的文藝批評

美之內容有變化，因之，藝術至上主義的文藝批評也取種種形式；同樣，生之真理也按着無限的階段而發展，亦不厭和文化的程度相應而變化，所以將這個採入欲評價的標準的時候，文藝批評之有內容的變化，這是當然的。美和真理的變化，可由種種方面看之，由社會階級的見地看，也是一種看法。若根據這個，則由希臘羅馬到第十七八世紀的古典的批評，大體是依據貴族社會上流社會的貴族性和貴族趣味，或擬貴族性和擬貴族趣味；并且可以說是代表了牠的。他的長處和短處，都是和這支配階級性，aristocracy 的長處和短處相通。支配了第十八世紀，第十九世紀，并且連現代都支配着的浪漫主義批評因在同時代抬頭而成了社會的勢力的「布爾喬亞」全權階級的人生觀和趣味而有其特色。而共通於此兩者的大綱的特色性，乃個人主義。這個事情也許非要更詳細地說明不能充分理解牠的意味；然而只要想想第十九世紀以前的文化專存於個人主義的發揚，那末我想大略可以領會了。

由第十九世紀來了到現世紀，埋在這個人主義下面的社會主義的意識急速地抬了頭。在政治經濟方面漸成爲重要的問題的，便是這個。文藝和文藝的批評，也明顯地現出了牠的影響。幷且這個已經通過了幾個發展的階段。最初只是以「爲一般社會」「爲一般文化」「爲一般民衆」那樣的標語顯示其特色的人道主義的文藝批評論；早則有寫了藝術的社會的使命的諾爾道（Nordan, Max Simon, 1849-?），和托爾斯泰，最近則有民衆藝術論的筆者羅蘭（Rolland, Ramain, 1866-），顯示了這傾向。後來對「一般社會」「一般民衆」那樣的漠然的人道主義的傾向感到了不滿，而將標語限於普羅來他利亞階級；於是起來了以這階級意識爲基準的文藝論。這個批評，人都曉得，本來是在俄國起源的。所以我們有一瞥俄國的近代及最近的批評的必要。

俄國的文藝批評，前面也曾有一言，乃專依社會的政治的見地而存在的。所以文藝批評同時也是社會的批評。第十九世紀後半的俄國的主要的文藝批評，乃四十年代上貝林斯基（Bielinsky, 1810-48）所領導的社會的批評。在他以後，急進派君臨了自由及急進兩派的「知識階級」的文學觀。一八七〇年以來，米海羅夫斯基（Mikhay-lovsky, 1842-1904）成了文藝批評界的獨裁者，而在社會批評的分野上活動了；一直到一九〇四年，他死了才歇。處理創造文學的「社會的」批評家的方法，純然是「社會的」「市民的」。換言之，即「社會的」批評家們只由社會的政治的見地，來看作品。

隨着馬克斯主義的擡頭，馬克斯主義批評家及文學史家的一派於是產生了出來。這一派在社會的批評的一般傾向之外，將把文學的事實和經濟的進化關聯而解釋之的體系，導入了文藝批評。這個也許不是價值的批判；然而這個批評運動在文學解釋上開拓了以前完全沒有知道的荒土，其功績是甚多的。馬克斯主義者的批評家的先陣，乃是安德來維支(Andreevitch 1863—1905)，他在他的俄羅斯文學史觀裏面開初地從這新方法說明了俄國文學的歷史。他以外，夫利氣(Fritsche)，克拉尼氣費爾德（Kra-nichfeld)，各更(Kogan)，利窩夫・羅加傑夫斯基(Lvov-Rogachevsky)等等，也是聞名之士。

自布爾塞維克勝利以來馬克斯主義派的文藝批評，有獨占文藝界的氣勢。牠的方法，是由政治的社會的及教育的効果的見地去決定文藝作品的價值，而給每個作家以「普羅來他利亞作家」或「反動作家」的名稱。這一派的批評家之嶄然露着頭角的，乃克拉斯那亞·諾維（Krasnaya Nov）的編輯主幹服龍斯基（Voronsky）。特羅茲基（Trotsky, 1877-）的批評在論文學的「教育的價值」的一點，也是很有興味。他的著作文學和革命，乃此種之代表者。

布哈林（Bukharin Nikolai）的史的唯物觀上面及其他上面的文藝批評，也是完全依了新解釋法的，可看作是顯示文學的唯物史觀的代表的東西。列寧（Lenin 1870-1924）所寫了說了的關於文學的理論，對於文學革命也許是不無功用吧。普來哈諾夫（Plekhanov, 1857-1918）的生活和藝術也是將馬克斯主義的原理適用於文學了的文學解釋的革命論。魯那卻爾斯基（Lunacharsky,1866-）的實證美學的基礎，則在美的研究上棄去了一切從前的抽象論，而應用了馬克斯的原理，乃是欲建設新美學的計圖。

馬克斯主義的批評家，最初只想為普羅來他利亞階級而利用文學，不過把解釋革新了一下，然而結果却成了文學觀的改造，新文學理論的建設。然而這個事業尚未達於完成之域。內有內部的理論的分裂，外有消極的積極的反對運動。內，則同是將馬克斯奉作寶典，和聖經一樣，也有種種理論的分裂；外，則有象徵主義者一派的批評，構成派的批評，形而上學派的批評等意識的無意識的反馬克斯主義的批評運動。然而教示我們，從前的抽象的非科學的文學研究，及以牠為基礎的文藝評價是不滿足，甚至於是錯的，並且給了我們對於文學的新解釋，文學的再評價的鑰匙——在這一點，馬克斯主義者一派的効果無論如何稱譽都不會嫌過分的。解決新文學解釋，新文學批評的完全充實的建設問題，以使其効果不沒，這個重大任務，實係存於今後的世界批評壇！

結論

以上，很粗泛地概觀了歐洲的文藝批評壇。我本來的計畫，是打算着力於近代批評的，然而因爲古代中世漸漸使篇幅狹促了，所以結果還是沒有能夠。并且便是伴奏程度，也沒有提及日本中國之批評，這個因爲頁數的關係，也不得不斷念。日本古來并非沒有批評；我們若從紀貫之的古今集的序裏面的歌的六義說，空海的文鏡祕府論那時候追尋其至今日的批評變遷之跡，那末將能成爲有趣的研究。爲文章文學之國的中國，當然更不用說了。自梁之劉勰的文心雕龍，始繁榮於唐宋的修辭，詩話，文話，以至於金元以後的金聖嘆等的小說批評，批評的種類和數目實在多得很，古人且言「宋無詩而有談詩，」——所以若將這些變遷發達的意義，由新的今日的世界視野看來，大概也是興味無窮的研究。

又關於德國的貴推(Goethe, 1749-1832)，席勒(Schiller, 1759-1805)等的藝術批評，我也一點也沒有說到，新興亞美利加的批評壇也全然未能顧及，頗引以為憾。關於後者，我們現在可以說一句便是自門更(Mencken, Henry Louis)始，安德遜(Anderson Sherwood)，布魯克(Brooks Van Wyck)等少壯批評家，乘着二十世紀的潮流，有的在社會主義的方面，有的在創造的方面，各各飛躍着。我們知道，現代的世界批評壇，乃自由創造的風的亂颷，或社會主義的嵐的舞台。風靜嵐止的時候，舞台大概將要靜靜地轉動，文藝批評界的 New vista 亦將徐徐展開吧！

歐洲文藝史綱

張聞平 著

歐洲文藝史綱

目次

第四章　神祕主義及象徵主義

一 古典主義

（一） 古典主義時代以前

歷史是一種大波瀾，由過去約六千年之昔一起一伏的波動着流至現代來了。牠的振幅因時代不同而有大小，有時激振，有時比較的和緩。不論牠激振或和緩，其各個波峯(Crest of Wave)都因高躍而生一種浪花，這浪花就是那個波動時代的文藝了。

在這大波瀾的第一波峯上開放的美麗之花就是希伯來(Hebrews)文學了。希伯來文學的精彩我們得由舊約聖經裏頭去領略，牠的特徵是冥想的，峻嚴的。第二次的浪花開放于紀元前五百年前後，牠所遺留的千古不朽的東西是希臘悲劇，雄渾的大敘事詩和痛切的抒情詩。在第三波峯上開放的文藝之花就是紀元前後的拉丁文化，在文藝上可以說是第二大波瀾的餘波。拉丁文化整齊是很整齊的，但缺少活力。這第三的文藝之波因北方的高盧人（Gaul）之侵入而消散，不遺餘跡；遂有中世期的長期的風平浪靜的期間。但此長期的在文藝上無甚生色的時代正是作成大波濤的準備時代。第四次的波以絕大之波濤和振幅由歐洲南岸湧了上來，與其說是波濤，寧可說是海嘯。十五六世紀的文藝復興（Benaissance）說是一個大海嘯決非過言。這次的大波濤所淹及的地方先由意大利起，次及法，德，丹麥，俄國；由俄國超過北海及波羅的海波及英國和斯干地挪維亞半島（Scandinavia）。這次海嘯的波濤經過之後，從來的古物一無存留；不論在平野在高山都滿開着從前未曾有的豐麗之花，牠的馥郁之香把歐洲的天地醇化了，也把當時的人們之血鮮化了。

高躍起來了的波峯不久就要陷落成爲波谷（Trough of Wave），由文藝復興而高躍了的潮浪停息了後，在十八世紀全期間振動的全是沒有勁力的微波暗浪，這就是古典主義（Classicism）的時代。在這時代歐洲全部都受着法國的強有力的文化的支配。

我們試考查最近兩世紀間的歐洲文藝思潮的變遷，（一）十八世紀是古典主義的時代，（二）十九世紀的前半期是浪漫主義（Romanticism）的時代，（三）由十九世中葉起變爲自然主義（Naturalism）的時代，（四）由十九世紀末葉至最近是新漫浪主義（Noo-Romanticism）的時代。所以要述文藝史須先由古典主義述起。

（二）何謂「古典」Classic

欲論古典主義Classicism，當先說明古典Classic。「古典」到底是什麼意思？

據法國的文藝批評家生的布孚氏（Sainte Beuve，謂Classic原是羅馬語，有『高級的』或『第一流』的意思。在羅馬專用以表示『富豪』的意義。到後來奧羅斯格流士（Aulus Gellius，）把牠應用到文藝上去，謂在文藝上也有高級的作家及作品，稱之爲 Classic，和今日一樣的把小說別爲兩種，有創作和通俗小說的區別；有名的文學者和他們的作品都特稱爲Classic。但今日Classic這個字並不指作家，變爲文藝上的專用名詞了，單用以表示作品了。

從前羅馬人一提及 Classic 就以爲是希臘文學，以外沒有東西了。自西細羅（Cicero）和窪只爾(Vergil)兩人離開本國，把 Classic 的名詞介紹出去，於是有羅馬文學的 Classic 了。通過長期的中世紀至文藝復興期以後止 Classic 的意義是指羅馬文學。但在法國路易十四世時代，法國的文學者有提倡本國的

Classic 的。由這時代起 Classic 這個字變爲『有權威的古代作品』的意義了。其後意義上經了種種的變遷，至今日 Classic 的意義更爲複雜了。生的布孚對 Classic 所下的定義是，『眞的 Classic 是可以使人生的思想豐富，並且能促進人類的進步的作品。牠在自以爲對一切事物能完全感知的人們心裏能啓示更新的道德上的眞理或不朽的情熱。至他的發表若具有了偉大，洗鍊，聰智，醇雅等條件以上，不拘泥于枝葉的形式可以自由表現的』。

要言之，Classic 是能給一種歡樂與對文藝抱有強烈的而永續的興味的人們。但在古典主義 Classicism 上的古典 Classic 所示的範圍並不是廣汎而無定限的，是比較具體的，局限的。一般追隨此種主義的就叫做古典主義（Classicism）。

（三） 古典主義Classicism

十七八世紀兩世紀間，歐洲的文藝是以法國爲中心的具有希臘拉丁的風格的一種文藝。總稱這種文藝爲古典主義。在此時代，人們的一般生活上是極因襲的。就連道德上，政治上，宗教上皆死守過去時代的標準或法則而不敢加以改變。故在藝術上亦很忠實地守着古昔的型格。所謂古昔的型格就是希臘拉丁的型格。希臘拉丁的藝術是重統一型格。更簡言之就是智巧的藝術——卽在藝術製作上注重用智的計劃和工作。但所謂均整，統一，明晰，規律等的智巧條件是存在于事物的表面——卽存在于形式上的東西，因之智巧的變爲形式的了。故古典主義的藝術是以現實平明的事物而求形式之美的，卽現實的藝術了。今統括以上所述的我們可以知道智巧的，形式的及現實的三者就是古典主義的特徵。古典主義的藝術雖然均整，但情感受了冷靜的智巧的壓抑而不能發達，內容也受了形式的妨礙而不能深刻。僅用心于不和固定的法則或標準相牴觸，是專以摸倣為事，個性的表現力微弱，無生力，無情熱的藝術。

所謂文藝復興如其名稱所示以恢復古代文藝為其第一目的。古代文藝當然是指希臘文藝了。原來希臘文藝無論在何時及在任何時代都有使之復活的價值：但經了中世紀長期間的黑暗，因文藝復興而驚醒起來的人們的眼睛暈眩而沒有明辨力，辨不出那一種是有使之復活的價值的希臘文藝，那一種是無使之復活的價值的偽品了。

文藝復興的運動，就大體而論是很良好的，就牠的運動而論也算是極其美壯的了，但是總免不掉散漫無紀律之譏。換句話說就是無秩序的，無差別的，祇濫把古代的東西發掘出來而摸倣罷了。擴張着無限的空想之翼，任意的沉浸于現世的享樂。但人類的感情一次緊張之後一定會漸次的弛緩下來，文藝復興運動的熱漸次冷却，至十八世紀，文藝上生出一種制限。這限制可以說是極自然的反動；這種自然的反動就是古典主義的提倡。在古典主義時代較之文藝復興時代人們的情感比較的爆發出來了。換句話說，在文藝復興時代長期中受着壓抑的情感至古典主義時代遂爆發出來了，但也還喜歡形式上的齊整而忌避激越的情感。然至十八世紀的文藝界實疲倦極了，祇能求形式上之美備及齊整，一切都摸倣古典。所謂古典大抵取則于希臘的文藝。其實在十八世紀的知識尙未能眞正的理解希臘的文藝。又十八世紀的文藝界的要求祇專圖形式之美，對希臘文藝的眞髓並不求深知，對於天衣無縫的神品中所包裹的燃燒着般的情熱也無求理解的必要。其結果他們所求的古典及摸倣而成的古典可以說是模擬希臘文藝的形態，形式上雖然整齊，但其內容是拉丁文藝——內部沒有花也沒有香氣的拉丁文藝。

由上所述我們可以知道十八世紀是重形式重智巧，想像力遲鈍，祇專事批許的所謂古典主義的時代。當時的戲劇可以說都是通俗的喜劇，表演人類的弱點而加以嘲諷的輕薄的戲劇；不能像希臘悲劇那末雄大而悲壯。當時流行的詩是種滑稽有趣的諷刺詩或教訓詩，決不能和荷馬(Homer)的伊利亞的(Iliad)一類的詩並日而論。但這些詩，形式上的確是很美麗而整整。也很嚴格的循守一種規則。若能適合于這種規則就算是有價值的，那末當然難產出良好作品了。本來文藝上凡是形式的都是死物，沒有活力也沒有熱，跼蹙蜷伏于死了的形式裏面的文藝當然難得上品，我們中國的律詩就是這個例。

在這時代的歐洲文壇稱覇的是法國的禾爾特兒（Voltairc, 1694——1778）。他是賦有優秀的才能的滑稽家，研究哲學之外，創作悲劇或喜劇兼研究法律。當時的文壇不單在法國，就連在英國和德國都唯他的馬首是瞻。十八世紀的思想方面爲合理主義（Rationalism），文藝方面爲古典主義，實是法國握覇權的時代，也是禾爾特兒專權的時代。

過了這沈靜的微波暗浪的時代，浪漫主義的狂波遂高湧于德國的萊茵河畔了。

（四） 法國之古典主義文學

法國的古典主義文學在十七世紀就開了豔麗之花，但徒求形式上之美，專就『典雅』和『壯麗』兩點做工夫，其結果變爲缺少生氣的作品，和人工製的花一樣了。這是古典主義文學的一般的短所。這短所在法國的文藝上尤爲顯著。但古典主義文學的長所也以這國的爲優。由今日的我們看來本不算是有足崇拜的價值的東西，但這時代作家除前述之禾爾特兒外，如柯爾尼由（Corneille）拉西奴（Racine）摩利埃爾（Moliere,）拉芳特伊奴（LaFontaine,）等幾個作家也有認識的必要。

柯爾尼由（1606——1684）是個悲劇作家，他的作風可以用『偉大』和『豪勇』表示牠。和他相對立的喜劇作家有世界獨步之稱的摩利埃爾（1622——1673）。英之莎氏比雖是有名的喜劇作家，但他的喜劇是悲劇的喜劇，不是純粹的喜劇，有許多冗贅不能超達的地方。至摩利埃爾的喜劇輕快而富有機智，把巴黎人的氣質寫得活躍在紙面上了。故摩利埃爾的喜劇實遠勝莎氏比的。但人物的一部分寫得過于誇張的，所以免不掉單純的雷同的缺點。和摩利埃爾齊名的有拉芳特伊奴（1621——1695），以作諷喻詩得名，人都稱他有輕妙之才。借動物描寫人類的生活，很能把法國國民性表現出來。這一點決不在摩利埃爾之下。拉西奴（1639——1699）是個悲劇詩人。

綜上所述，法國的古典主義文藝之花是專裝飾劇壇的，在小說上沒有可觀的東西。文藝以小說得名的無論在那一國都是自然主義的文學及其以後的文學

（五） 英國之古典主義時代的文藝

英國的近代文學當由莎氏比述起(1564——1661)。對文學稍爲抱有興趣的人恐沒有不知莎士比的名的吧。莎士比實在是超越時代，超越流派的大詩人，他的藝術有永久不朽的價値。在莎士比之前尙有潮莎Chaucer斯賓莎(Edmund Spcnser) 瑪羅利 (Thomas Malory) 等作家。其中尤以潮莎爲有名，由他的藝術的內容和外形兩方觀察，他可以說是近代英文學的始祖。論英國的古典主義文學本應上溯至潮莎時代述起，因爲沒有從容的時間，祗好從略，單由莎士比起述。

荷馬，但丁 (Dante) ，格堤 (Goethe) 和莎士比號稱世界的大詩人（四詩聖）。莎士比生的年恰就是伊大利藝術家美契爾安貝羅 (Michelargelo，1475

——1564）逝世的那一年，正是英國伊利莎柏王朝文華燦爛的時代。由文藝史上的區劃看來，他當然是屬古典主義時代的作家，但他的地位實超越時代而不受其支配，他的藝術像伊利莎柏王朝的一樣的豐富及燦爛，並且對事物的戲曲化和客觀化之力很強，實有近世的傾向的特色。但他的作品中也有矛盾的地方，例如罕默列德（Hamlet）麥巧柏（Macbeth），仲夏之夜夢(A Midsummer Nights Dream）暴風雨(Tempest)等作品中有一種類似的超人的興趣。其實單說『超人的』還不能得其正鵠，可以說是浪漫的作風了。他脫離了中世文藝復興以前的非人生的藝術，實開發了人生的，智識的，寫實的近代文藝之源，同時又為十八世紀末葉的浪漫派的運動的先驅者。由文藝復興運動至十八世紀末葉的浪漫派運動止其間本是古典主義的時代，但沙士比的確超越了這個時代而不受其支配，這就是沙士比之所以為沙士比了。

在這篇中實無暇詳論沙士比的作品及作風。今祗把他的戲曲中有名者說一說。罕默列德，阿細羅（Othello）利亞王（King Lear），麥巧柏爲四大悲劇。此外如“Romeo and Juliet”,“Tempest”,“A Midsummer Nights Dream”,“The Marchant of Venice”,“As you like it”等。

除了沙士比的戲曲，在這時代有名的要算是彌耳敦（John milton, 1608——1714）的詩了。他是個嚴格的淸教徒（Puritan）並且是有高遠的理想和堅強的意志的詩人。他所作的詩中最有名的爲長篇敍事詩『失樂園』（Paradise Lost）一篇。

『失樂園』的情節是述一個野心的天使撒丹想篡奪帝位，因戰敗了，懷恨在心，變爲蛇偸進埃田樂園中去誘惑夏娃吃禁果。後來和這個撒丹同類的惡魔們也受了天罰，都化爲蛇，因爲有這一番的事，『罪』和『死』兩種魔鬼就永久留在下界了。

對這個『失樂園』的名詩，有種種批評，褒貶不一。稱讚牠的說牠是雄渾無比的大敍事詩。貶毀牠的說是冗長的畸形的主觀詩。喜歡北歐的壯美的人們就讚美牠，愛好南歐的優美的人們就非難牠。但他的思想的雄大，節奏之壯嚴，這兩點確是沒有其他的詩能望其項背的。他不是個溫情的詩人，是個嚴冷的詩人。他發表了『失樂園』後，再作一篇『復樂園』(Faradise Regaind)，是以基督為主人公，由基督的贖罪，從前失了的樂園再得囘來了。但『復樂園』趕不上『失樂園』的有名。

我們對彌耳敦有一件重要注意的就是他曾當過把查理斯一世處死刑的庫朗韋爾(Oliver Cremwell)的祕書官。

同是淸敎徒，後彌耳敦出來的作家就是氏邦洋(Buryan, John, 1628—

1688），也是有熱烈的信仰的人，他的作品有宗教詩，宗教的寓言等，其中最有名的爲『天路歷程』（Thepilgrims progress）。在英國稱『天路歷程』爲第一部的譬喻小說。

邦洋氏之後有詩人都賴登（John Drydon,1631——1700），拍普（Alexander Fope,1688——1744），散文家斯威夫特（Jonathan Swift,1667——1745），德孚（Daniel Defoe,1659——1731）亞的孫（Joseph Addison,1672——1719），惠爾鼎（Henry, Ficlding 1707——1754）等相接踵而出：斯威夫特是個刻辣的諷刺家，像The Tale of a Tub一樣的作品是種刺骨的盡情冷罵的文章。他的作品多是以當時英國的社會狀態及政治狀態爲對象，其中最有名的爲『卡利華旅行記』（Gullivers Travels）。這部作品寫一個船醫名叫卡利華在航海中因遭沉船災難，最先漂流到小人國去，其次漂流在大人國去，借小人國大人國的描寫，罵當時的政治和風俗，又次描寫在空中飛行的島上旅行，是譏諷哲學者的。最後旅行到馬的國裏去，在這馬國，馬是主人翁，人類是馬的服役者，階級在馬類之下；這種描寫是嘲罵一般人類的。斯威夫特的諷刺文學古今東西無出其右的。

德孚是有名的『魯濱孫漂流記』的作者，可稱英國小說的開基祖。他的作品因適合于英國人的冒險性，故雖在純文學上沒有多大的價值，也很得社會的歡迎。

亞的孫能把道德的思想和輕妙的滑稽趣味調和，投合英國人的嗜好，他的輕快之才筆聳動了一世。他會作詩，也會作論文；但他得意的作品還在散文方面。

到了十八世紀湯孫(James Thomson, 1700——1748)古黎(Tho has Gray,

1716——1771）等詩人相繼而出。散文的流行益盛，以約翰孫（Samuel Johnaon, 1709——1884）爲中心人物，在這時代一般文學者大都在王候的保護之下而執筆。唯有約翰孫始終堅執平民的獨立主義，提倡以文學爲生計之道。他的作品中以"Rossclas"爲最有名，是種敎訓的小說。

和約翰孫有親交的詩人哥爾特斯直斯(Ollver Golds nith,1728——1734)作詩之外，還從事于散文小說，戲曲等，都收了相當的效果。他的最有名的作品就是威克斐牧師傳（The vlcar of Wakefield)

在哥爾特斯之前，在小說界開創新派的作者有李察孫（Samuel Richacdson,1689——1761）。從來的小說，例如德孚的作品是以事實的敍述爲主旨，至于李察孫則專描寫人情的機微，創作以人爲本位的小說，其代表作品爲 racrisa Harlowe，一篇。嚴格說起來，李察孫才是現代所稱的小說的開創元祖。他是鄉間的泥水匠的兒子，少年時候就喜歡作書翰體文章，村裏的年女兒們多託記他代筆寫情書寄給她們的情人。後來倫敦的書店託他編一部書館文集，但他沒有照約履行，祇寫了一封書翰體的小說名叫“Pamela”——一名『善行之報酬』（Virtue rewarded）——，這小說裏女主人翁受一個男子的戀愛，最初很貞淑的拒絕那個男子，但到後來還是和他結了婚。小說是把這些情節用書翰體寫出來，頗得婦女讀者的喝采。這篇小說在一七四〇年發表。“Clarissa Harlowe”是在一七四八年寫的。小說的情節是女主人公 Clarissa 是一個處女，牠拒絕家庭替她所提議的婚約，專斷地和情人結了婚，但結了婚後反受這個情人的虐待。這部小說在當時祇發表了一部分，還沒有全部脫稿；有許多婦女的讀者寄信來要求李察孫救 Clarissa，但他不聽她們的請求，終把 Clarissa 殺了，因此大把讀者激怒了。其後又做了一篇 Sir Charles Crandison，是描寫上流社會的生活，也是很深刻的書翰體文字。

在李察孫之前全沒有描寫人情的文學，所以他的小說震駭了全歐的人士，他們才知道在描寫騎士的傳記和德孚式的冒險談外，日常生活中還有這樣有趣味的事，於是人心都傾向這類的人情小說了。

在文學上比李察孫贏得較高的地位的作者就是惠爾鼎，他的作品最能把英國生活表現出來，可以說是實寫小說的模範。他是反對李察孫的小說，做了一篇“Joseph Audrews”挪揄李察孫的“Fawela”。“Joseph Andrewe”可以說是對“Fawela”的諷刺畫。(Caricature)小說裏的 Joseph是 Pamela 的哥哥，在某貴婦人家裏服從，貴婦人對 Joseph 生了戀愛，但他對此貴婦人的戀愛毅然的拒絕，因之遂陷于不幸。小說的主人公是 Joseph，其所行的事恰和 Pamela 相反。惠爾鼎的作品中還有Tom Jones(1749) Amelia(1751)，等傑作。

在這時代，惠爾鼎等之外有史摩列（Tobias Gearge Smollett, 1921——1771）細利丹（Richa:d Frius'ey She:id n,1751——1816）等作家。

到了十九世紀是英國文壇的浪漫主義全盛期，但其萌芽既發現于十八世紀之末葉，其詳細須讓之後章。

二　浪漫主義

（一）浪漫主義之起源

由十八世紀末葉至十九世紀之初，在人類生活上有最深的意義的思潮就是浪漫主義。在這種思潮未發生之前約一百年乃至一百五十年間生存於尊重理性的合理主義之下，快要窒息而死的人們到了十八世紀的末期不能不起來要求自由的，新鮮的，暢達的空氣。此種要求當時瀰漫着全歐，因法國的革命更急激的發達起來。

浪漫主義可以說是對合理主義的反抗，故猛烈的攻擊合理主義的桎梏，極力鼓吹自由與天眞的盧梭氏(Jean Jacpues Ronsscan 1712——1778)不單爲法國的浪漫主義的先驅，說他是浪漫主義的主唱者，建設者决非過言。盧梭不單猛烈的反對一切規律和傳統，他並且反對知識和理智。據他的主張，放縱不羈的生活才是眞正的生活，故以盧梭爲本源流出來的浪漫主義當然以反對理智，反對合理主義爲牠的特徵；這就是浪漫主義的精神，也是浪漫主義的生命，但浪漫主義之反抗理智，反對合理主義，到底根據何種理由呢？

合理主義是以理性或理智爲本位，祇專心於客觀界之觀察，分折及分類，對主觀的內面生活則附等閒：這就是盧梭及一般世人所不能滿足的。飽嘗了冷靜而無趣味的智識的一般人們都傾向有趣味的想像世界和渴慕着喜怒哀樂極鮮明的感情生活，這就是浪漫主義勃興的理由。要言之浪漫主義不單在理智的客觀的生活上發見人類的眞生活，牠還更深進一層在內部的主觀方面發見人類的眞生活。

但我們有一點要注意的就是浪漫主義和理想主義（Idealism）保持有親密的關係；換句話說，浪漫主義者對不完全的現實世界和因合理的思想而變化爲乾燥無味的現實生活極抱不滿。因之不能不求主觀的想像的世界。他們在主義的想像世界裏，可以任意的創造出種種的理想生活，所以浪漫主義和理想主義有不能須臾離的親密的關係。含有理想主義的意義之浪漫主義——力說人道主義的理想之浪漫主義在十九世紀的初期很澎湃的在歐洲洶湧起來。

浪漫主義運動雖多得德國哲學者之力，但就全體言浪漫主義運動不單是詩人文學者的運動，幾乎可以說是由全體青年之力而起的運動。故由合理主義之衰落變爲浪漫主義之世界若由荒涼之冬變爲萬紫千紅的絢爛之春之感。

今試比較古典主義和浪漫主義的藝術，古典主義無因襲的，遵守固定的典型；而浪漫主義則始終尊重自由，打破一定的型格。古典主義專以摹倣爲事；

而浪漫主義則專事於獨創，古典主義過重智巧，故流爲形式的；而浪漫主義則愛人類自然的情緒，注重內容。古典主義以現實爲材料；而浪漫主義則姿意於空想，專採集超現實的材料。這些就古典主義和浪漫主義的藝術上的異點。今再用次表說明之。

古典主義		浪漫主義（超現實的）
智巧的	（……………………）	情緒的、自然的
形式的	（……………………）	內容的（理想的、自我的）
現實的	（……………………）	空想的（中古的、神祕的）

古典主義，因爲重理智，所以牠的製作上注重智巧的條件。他的藝術像大

理石像，很美好，很整齊；但冰冷的沒有情熱，浪漫主義的藝術是排斥冷靜的智識，一任熱烈的情緒之奔馳；排斥無謂的煩瑣的細工而愛重自然。故古典主義爲智巧的而浪漫主義則以情緒的自然的爲他的特性。又古典主義單重形式，藝術的內容就不免受形式的拘束。但浪漫主義專重內容，有打破形式的傾向。故內容的也是浪漫主義的一特性。牠的內容由一面看來是自我的，由他一面看來是理想的，因古典主義專以摹倣爲事而沒却自我，至浪漫主義則主張自我，把自己的理想無忌憚的歌唱出來，換句話說，浪漫主義在文學上是很尊重個性的。其次浪漫主義之空想的可以說是對古典主義之現實的一個反動。平凡的無趣味的現實本容易使人厭倦，遂起種種的空想。從前既不能把自我自由的表現，又不許感情自由的奔放，連想像的自由都遭禁錮；但在浪漫主義之藝術，這些都解放了，一任想像的奔放，當時科學的精神尙缺，他們的想像大概都是空想，其結果描寫出來的時代和場所都是超越現實的。時代上的超越現實就是過去時代，就中尤以暗澹的能夠引動人們的想像的中古時代爲描寫上適當的時代。場所上的超越現實就是人世以外的神祕界的描寫上適當的場所。故空想的超現實的浪漫主義之特性自然地帶有中古的神祕的特性。以上所列舉的情緒的，自然的，理想的，自我的，中古的，神祕的，六特性中，若具有二三，或完全具有的藝術，可以說是浪漫主義的藝術。此六特性是互相關聯而表現的，不過以一特性現出之例甚少。浪漫主義因爲有空想的一面，其描寫空想的，事實上不會有的事情就是浪漫派的作品。又因爲多描寫中古時代，故有叫浪漫主義爲中古主義的。英國斯各特(Sir Waler Scott)的歷史小說就是中古主義的作品，浪漫主義藝術中的重要的一例。

法國的盧梭雖是浪漫主義之先驅者，但就全體說，浪漫主義先發達於德國，次乃英國，又次及法國，終成爲全歐的一大波瀾。今就各國的浪漫主義分述於下。

（二）德國的浪漫主義

德國不如法國及伊大利，牠的文藝的歷史比較的短。列信（Lessing,1729—1781）未出世以前，德國文學完全是摹倣外國文學，沒有固有的國民文學。列信可以說是德國國民文學的開基祖。他自己說，『我是批評家，我不是詩人。』不錯，列信的確是個傑出的批評家，具有精銳的觀察眼，正確的判斷力及公平無私的態度的偉大的批評家。從前德國的戲劇多倣法國的，到列信一改從來的習慣，以莎士比爲模範，參加德國的民性，確定德國戲劇的基礎；這是列信在德國戲劇上的功績。他雖然是偉大的批評家，但同時亦有作詩的非凡的才能。和列信約同時代出有赫德，（Herder,1744—1803），也是個詩人兼批評家。其後還出有庫洛普斯塚克(Klopstock,1724——1803)，維蘭特(Wieland,1733——1813)等詩人，到了十八世紀的末期就是有名的『狂飆突進』時代了(Sturm und Drrng)。浪漫主義可以說是這時代的產物。

『狂飈與突進』可以說是對古典主義的一種反動，這種運動是當時的青年厭倦了從來的平板無味的生活，一任鬱積久了的銳氣之驅使，排除舊日的形式和理智，只管向人生趣味的情感生活急進狂奔。這班青年有不達到能使自己安身立命的情感生活則不如死之概。本來文藝復興雖喚起了自由研究的精神，解放了人們的理性；但人們的感情却沒有解放。文藝還受着古典的支配而無活氣，無生命。所以起了一種反抗作用，無論在人生上藝術上都把習慣，形式等打破；建設新文藝，開始新生活。這種運動在德國最盛。狂飈與突進時代一名天才時代，列信當然計算在裏面，但這運動的中堅人物是格提(Goethe,1749

——1832）雪梨爾（Schillon,1759——1895）海涅(Heine,1797——1856)等。格提的『少年維持之煩惱』就是描寫這時代的時代精神的作品。

青年時代的格提，雪梨爾及其他的青年文學者和極力提倡感情哲學的雅角貝（Jacobi）等是狂飈突進時代的代表人物，祇知從事於打破現狀而爲盲目的運動，他們並沒有預測由這種運動能得什麼結果。當時在這種運動自身上亦認不出有何等的價值。說明白些，他們祇很勇敢地向各方面飛散火花，但不預計所放散出去的火花如何的燃燒，如何的爆烈。他們所舉行的運動的結果在當時是屬一種未知數。但他們的投機的運動果然收了意外的佳果，由此種運動竟開放了一朵浪漫主義文藝的美麗之花。

本來應亨有德國浪漫主義的建設者的榮譽的人是夭折了的天才瓦肯羅大氏(Wadkenroder)，。氏的精神是『藝術之宗教化』，他說，『最美麗的生命之流祇能由藝術和宗敎的合流奔流出來。』據他的主張，藝術品的賞鑑不外是向神的一種祈禱。藝術至上，感情生活的高調及理想的並且是宗教的浪漫主義的精神都無遺憾的包括在他的主張裏面了。氏的主張在他的親友特克氏(Tieck)的藝術的作品中，雖不完全，但實現出來了。據特克氏的意思，『吾人不必單信有信的價值的事物，須求能使人驚歎的特異的事物，幻慕超現實之境以自娛……吾人不能單純注意他人的經歷。注意他的幻夢也是吾人的義務。』更說明白些就是不管牠是幻夢，也不管牠是現實，我們祇熱心的向藝術進行。克特氏所示的境地是不是浪漫主義者全體心目中的世界的全部，雖可置不問，但在藝術的深奥的夢幻境中，忘却現實的一切爲當時浪漫主義者共通的特徵，是不能否定的了。

瓦肯羅大及特克所建設的浪漫主義，其精神不久就普及於各方面了，受了這種精神的影響的第一人就是修列格爾氏(Schlegel)。他對浪漫主義給與一種理論的根據，據他說浪漫主義是由當時的三大精神成立的。第一的斐希特(Fichte)的自我哲學，高調以自我爲一切創造者，就是浪漫主義的根本精神。第二格堤的『Welhelm meister』，由這作品，把自我之創造活動引導到藝術的方面去了，斐希特的自我哲學內容爲道德活動。以藝術活動替換道德活動就是浪漫主義的精神。第三是法國的革命，這革命是暗示一種新人生觀——在社會上引起一大革命的新人生觀。

在宗教方面發揮浪漫主義精神的人是修賴爾麥赫兒(Schleiermacher)。他闡明了浪漫主義的絕對觀。他排除從來的理性，以直覺及感情處理宗教，他說以無究限爲對象而直觀之或情感之就叫做宗教，若以分析的理智處理宗教是不能達到這種絕對境的。

哲學的闡明浪漫主義的精神的人是西令（Schelling），有名的自然哲學是他提倡的，他謂自然本身的姿態就是藝術，把藝術高高地擁至絕對至上的地位了。

以上所述的都是和德國的浪漫主義有關係的人，但在德國可稱爲浪漫主義的完成者，不能不推舉挪窪利斯氏（Novalis），他具有冗肯羅大的純列的熱情而兼備有詩的天才，誰都稱讚他在德國浪漫主義上的權威。他的一生生涯全費于追求一種理想之光。但其理想是不可思議，不能說明的玄惑的神祕的，也是當時浪漫主義者所熱心追求的理想。他們閒却現實和實行的世界，過注重理想和想像的世界，所以免不掉空幻不健全之譏。但在純正的意義上的浪漫主義對當時的思想及感情確有深厚化，豐潤化及純潔化的功積，須特敍出來不可埋沒的。

今要翻轉來述德國的浪漫主義的文藝了。有人問海涅，

『格堤是怎樣的人？』

海涅就反問那個人，

『世界是怎樣的東西？你若能說明給我聽，那我也能告訴你格堤是怎樣的人。』

由海涅說的話看來，格堤是一個如何偉大的詩人可想而知了。

格堤青年時代的有名的作品爲『少年維持之煩惱』，是格堤二十五歲的作品。格堤在學生時代對親友克司妥納的未婚妻綠蒂生了戀愛，爲此無望之想思所苦，失戀之餘，幾至發狂。恰好這時候友人以魯塞冷(Jerusalem)也對他的朋友赫爾德(Herdt)的妻生了戀慕，因絕望以手鎗自殺，格堤因以自己爲主人翁。『少年維持之煩惱』這一篇。篇末則借用友人以魯塞冷自殺的事跡。

此篇是書翰體裁，由主人翁寄他的親友的，敍述事實的書翰體作品。今試引書裏的一節就可以知道他的作風了。

『八月二十日

『清晨我從苦夢醒來，伸我兩臂去尋她時，她自不在；晚上幸福而無邪的甘夢欺我，我好像在牧場上坐在她的傍邊，握着她的手，在她手上接了一千個吻，我在我床上找她也是徒然。啊！當我還是半醒半夢的時候我再找她，待我一醒來——一滚眼淚從我被壓迫着的心中迸出，我望着個黑魅魅的未來愴然而流淚。』（抄郭沫若氏譯『少年維持之煩惱』第五九頁。）

格堤的其他的作品有小說，『Wolhelmmeister』；戲劇『Egmont』；『Tasso』，敍事詩『Hermann ard Dorothea』等都是不朽的作品。其作品中世界的有名的爲『浮士得』（Faust）。十六世紀時代有約翰浮士得其人因無限的智識慾而硏究魔法，把靈魂賣給惡魔而滅其身的傳說。格堤以此傳說爲材料寫『Faust』這一篇大戲劇，是象徵他自己的世界觀及人生觀的作品。這篇大作品完成後八個月格堤就逝世了。這篇是他前後費了六十餘年之歲月的大著述！又可作格堤的自敍傳的作品有『詩歌和眞實』(Dichtung und Wahrheit)，伊太利紀遊(Italianische Reise)都是有興味的作品。格堤，荷馬，莎士比和但丁並稱爲四大詩聖既如前章所述。外國有專門硏究格堤但丁的藝術的學者，由此看來，格堤的偉大可想而知了。

格堤的親友，幷且和格堤齊名的詩人雪梨爾是最盡力于歌唱德國國民性的詩人，所以有『雪梨爾是德國的雪梨爾，格堤是世界的格堤』這句話。但說『德國的雪梨爾』並不是說雪梨爾不及『世界的格堤』的偉大。格堤和雪梨爾的比較，曾經多數人的批評，尙未能判定其孰優孰劣；但平心而論，格堤到底比雪梨爾強些，『青年期內欲得身體之自由，至老年則努力于脫精神上的束縛』，這是格堤對雪梨爾下的評語。雪梨爾的藝術實有一貫的浪漫主義者的面目是很明顯的。並且他是道義心很強的人，在他的嚴肅的人格中能調和藝術和道德的理想的詩人。格堤長于抒情詩，敍事詩；而雪梨爾則擅劇曲；實莎士比以後的戲劇名家，他的作品有名的爲『羣盜』，『權謀與愛』，『阿禮安的少女』，『密西那的新婦』，等。

。格堤和雪梨爾在他們初期都是浪漫主義者，但後來格堤到伊大利去，受了古代美術的感化，漸趨向古典主義了，雪梨爾的作品達了成熟期也有同樣的傾向。所以一班對此不能滿足的人們遂起第二次的浪漫的運動，其常先鋒者就是上舉的修列格爾氏。他們主張詩人之自由是不受何等法則的束縛的以奔放無羈的熱烈的態度把所感的所想的一無隱諱大胆的歌唱出來。前述的挪窪利斯氏，特克氏等之外，愛國詩人契爾邦（Kerner,1799——1892）也是這時代出來的。烏蘭(Uhland,1787——1892)亦於此時以國民詩人得名，多作愛國詩。德國近代之抒情詩大家陸契兒特（Ruckert,1788——1858）就是此派的中堅人物。其他如古利爾帕澤兒（Fauz grillparzer,1791——1872），海湼等都是不可忽視的詩人。古利帕澤兒是墺國的悲劇詩人，奧國文學中興的文豪。他的戲劇『祖母』，『夢的一生』Ein Lebeu,einTraum 等都是有名的作品。又禮挪(Lenore)也是墺國抒情詩人，他的文學有悲觀厭世的傾向。

（註）雪梨爾之有名作品上述『羣盜』(Die Eau'er)，『權謀與愛』，(Kabale andLiebe)，『阿禮安的少女』，(Die Jungfrau von Or'eans)，『密西那的新婦』，(Die Frau von Mess Da)等之外，尚有『Die Verschworungdes Fiescouzu Genua』，『Don Carlos，Infaut von Spa ien』

，『Mallenstein』、『Maria Stuart』、『 Wilhelm Tell』等。

（三） 英國的浪漫主義

若問英國的浪漫主義先驅者爲誰，一般都要舉庫巴（William Cowper,1731——1800）、邦斯（EotertFurrs,1759——1796）和布勒（William Elake,1757——1827）三個人的名字。但前述之莎士比早脫了古典主義的規約的束縛，自由自在地歌唱自然的感情這一點；可以說是浪漫主義的元祖了。實際在法德兩國都以莎士比爲浪漫主義的師表而尊崇之，摸倣之。

『由形式的變爲內容的，由智巧的變爲自然的。』是浪漫主義和自然主義所共有的傾向。以有此傾向而爲浪漫主義的先驅，並開自然主義之源的人就是庫巴，邦斯，布勒三個人。庫巴的自然的傾向在譚孫（James Thomson,.700——1748）的作品中也窺看得出來，他們倆都酷愛山野的自然而謳歌其自然美，脫離一切形式的束縛，一在感情之奔流而歌唱，邦斯和布勒則以他們的詩風改革從來固結於氷冷的智巧中的詩。

嚴密地說來，英國的浪漫主義之鼻祖——最明瞭的表示出浪漫主義乃至自然主義的傾向的作家——不能不推渦慈渦斯(William Wordswyrth,1770—1950)。他和柯爾利支(Samuel Tayor Coleridge.1772——1824)，紹堤(Rotert Southey, 2704——1843)三人號稱湖畔詩人(La e Poets)渦慈渦斯對自然所抱之愛較之庫巴，譚孫等更爲熱烈，差不多化爲宗教的了。他拋棄一切古典的格律，把大自然的神祕單純化而用自然的詞句表現牠。所以在英國都說他是自然詩人，英國人知有大自然的靈妙和神祕完全是由他教授的。因爲他有理想的宗教的傾向，並且他把對自然的汎神論的神祕的感情歌唱了出來；故得了浪漫主義者的稱號。但他能代表其母國的國風，和德國的浪漫主義——不重視舊來的道德和秩序的一派不同，另具一種風格。他主張詩是有力的感情之自己的流溢，是自然的印象之恰切的表現：因之題材要由日常普通的田園生活採取，並用日常用的詞句歌唱出來。他所作的詩都是體現他的這種主張的。他的作品的特徵是內容的，自然的並且是平民的；由此可以說他是近代自然主義的先驅者。他的作品中以『Tintern Abbey』，『Excuasion』，『We are Seven』，『Memorials of a Tour on the Continents』，『The Prelude』等爲有名。

湖畔詩人之一的柯爾利支也是英國浪漫主義的開拓者。他和渦慈渦斯不同之點就是他爲奔放不羈的熱情詩人，換句話說，他是不適宜於英國土地的詩人，他是具有德國式的反抗的氣慨的詩人。他的一生生活是很不規律的，他的作品也多斷片的，但富有神祕的空想。他激烈地撞擊文藝之警鐘，把沉鬱的英國的文藝界喚醒過來；其功實不可沒。又他也是個批評家，具有卓越的見識。

其次以豔麗無倫的敍詩『湖上美人』(Lady of The Lake)得名的斯各特(Sir Walter Scott,1771——1832)在英國的浪漫主義派作家中也以先驅者的資格占重要的位置。他不單爲詩人，同時又爲小說家。他作的小說所謂傳奇小說(Romance)，寫實的技倆不很高明，所以沒有何等深刻的思想和感情；但材料的豐富，結構的雄大，這點決非他人所能望其項背的。至思想和情熱却遠不及渦慈渦斯和柯爾利支兩人。

英國的浪漫主義達了最高潮的時候，產出了三個大詩人，即拜輪(George Byron,1788——1824)開茨(John Keats,1795——1821)和雪萊(Percy Bysshe Shelley,1792——1222)。此三詩人可以說是英國浪漫主義文學的代表者，就中頂熱烈的就是拜輪。他的厭世的情調和有力的熱情實與世人以一種魅力。

他的作品一面是反抗的破壞的，一字一句中都含有炎炎如焚的熱情，但由他一方面又很抑鬱的哀傷的。他作品以『Childe Harold』，『Cain』，『Manfred』，『Don Juan』，等爲有名。他的作品過於奔放，也過於大胆，故不見容於愛誠確重實際的父母之邦。大陸方面的文壇因他的作品而起騷動的。他的作品中都以自身爲主人公，所以常有個人的色彩。關於這一點有讚許他的，也有非難他的。他的固有情熱和美貌終把他作或一個放縱之人。他在道德上受了非難和攻擊，由故國放逐出來，生涯的大半是消磨於外國。晚年參與希臘對土耳其的獨立戰爭，所志不遂，罹熱病，死於希臘之米梭朗希（Missolonghi）。像雪萊這樣的厭惡實際生活的束縛而幻慕宇宙外的理想鄉的人恐怕找不出第二個來了。雪萊的詩雖然沒有拜輪般的情熱，但有縹渺的神韻和玲瓏的情調，另具一種美。他和拜輪有親交。他作品中有傑作之稱的就是哀悼開茨之死的輓歌

「Adonais」。此外有「雲」(The Cloud)「雲雀」(The Sky Lark)，「西風歌」(Ode to the west wind)等。他所具的抒情詩人的技倆可稱古今獨步。

開茨是個薄命詩人，他的詩風幽靜沉着，讀他的有深夜望冷月之感。他的傑作有「Hyperion」，「The Eve of St. Agnes」，「Grecian Urn」，「Endymion」，「Lamia」等。

拜輪，雪萊和開茨三人的作風互異。至他們的共通點就是反抗的精神和重理想求純美的精神，同爲浪漫主義的中堅。

浪漫主義是由對智識的感情反動而生的產物。但十九世紀之科學精神實不容許人們單耽溺於感情，所以在大陸方面對浪漫主義起了一個反動，就是自然主義的勃興。在穩健的英國文壇很少由極端趨向極端的現象，在此期內，浪漫主義的感情的傾向和自然主義之智識的傾向間起了一種調和。鄧尼孫（Alfred Tennyson, 1809——1892）和布老寧（Lobert Frowning，1812——1889）等的詩就是由此調和產出來的。鄧尼孫是以維多利亞女王時代的文壇為背景的文人，其實並無何等獨創的作品。也祇有採集諸家的長所而完成一種渾然的作風的調和的天才。他不會如古典主義者有流於形式的之弊，他亦不蹈浪漫主義者——祇重內容，全不顧形式上的缺憾的浪漫主義者的覆轍。他能調和感情與智識，他也能調和宗教的情緒與科學的精神。他的作品中最有名的為『In memoriam』，『Enoch Arden』，『Idylls of the King』等。

布老寧是和鄧尼孫齊名的詩人，但他的詩不如鄧尼孫的之典雅優麗。比較的佶倔難解；但他的理想之深遠決非鄧尼孫所能望其項背。與其說他是以詩人的資格寧可說他是以思想家的資格，地位遠在鄧尼孫之上。他的作品中比較有名的是小說體的『The Ring and the Book』，發表於一八三三年。其次爲劇詩『Pidppa Passes』等。他的夫人也是個有名的女詩人(Elizabeth Barrctt Browning,1806——1861），她的作品如『The cry of the children』，『Sonnets fron the Portuguese』，『Aurora Leigh』等皆有名。

鄧尼孫和布老寧的詩風是建於智識與感情間的調和境上，但當時有完全趨向感情的一派作家，這派就是拉化埃羅以前派 (Pre-raphaelite)。此派的領袖是羅色特 (Dante Gabriel Rosretti,1828——1882)。他很激烈地反抗當時的科學精神而恢復中世代的精神，高倡熱烈奔放的感情。他是個古今獨步的戀愛詩人，他的戀愛觀是肉感的，同時又爲神祕的。庫利斯定娜 (Christina Rosretti,1830——1804）是羅色特的妹子，她的詩風淒婉悲哀，含有一種宗教的熱誠。她的作品如『Goblin Market』，『The Princess Progress』，『Sing·

Song』，『A Patent』等都很得一般人的愛讀。『拉化埃羅以前派』是用之以名當時繪畫界的新運動的，羅色特是個畫家；在繪畫界占有相當的地位，他是遵從拉化埃羅（Raphael，伊大利的名畫家。）以前的畫風，即離却古名畫的描繪，從事於自然的描寫爲宗旨的唯美派。

在鄧尼孫，布老寧以後至十九世紀末葉止其間執詩壇的牛耳的人就是由拉化埃羅以前派出身的史茵邦(Algernon Charles, Swmurne, 1887——1910)。他是個詩人兼評論家，有言語學的天才，研究歐亞的言語，謀音律之革新及進步。他又有并輪再生之稱。是個革命的熱情詩人，他的抒情詩多官能的，肉感的。其韻律之巧妙精緻，在英國文學中足稱第一。他也是個具有優越的見識的批評家，他的作品有『Atalanta in Calydoy』，『Poems and Ballads』，『The Seng of Italy』；『Mary Stuart』等之詩及劇詩和『Studies in Pr ose and Peet y』，『AS udnof Victor Hugo』，『Williom Blacke』，『AStudy of Shakepeare』等的批評研究。

不贊成拉化埃羅以前派之專趨向感情，而注重智識方面的作家有亞挪爾特(Matthew Aruold，1822——1888)。他的詩多懷疑的苦悶。他的著作有『Essays on Criticism; New Poems; On the tudy of the Celtic Literature; Cu'ture anSAnarchy; St. Pani aud Prcstestantism; Liderat reand Dogma; God and the Biblc; Last Essays on Cnurch and Religion; Mixed Essays:I saiah of Jcrusalem』等。

其他如伋普苓(Kipling,1865——)是小說家同時又爲詩人，他以強力的男性的詩風宣傳帝國主義。也孜(Yeats,1888——)是個愛爾蘭詩人，深得一般人的注目。他的詩富於空想，有象徵的，神祕的作風，傾向於後述的新浪漫主義丁。

加賴以爾（Thomas Carlyle ,1795——1881）是離開文壇，高唱浪漫主義的精神的思想家。他和雪萊，開茨並稱爲雄辯家，也是個不世出的論文家（Essayist）。他以斐希特（Fichte）的哲學爲血，格堤的藝術爲肉，在『Sartor Resartus』及其他作品中唱導汎神論的，理想主義的，神祕主義的世界觀及人生觀。他的思想與其說是英國式寧可說是德國式。他對英國之傳統的實利主義加以痛烈的熱罵和譏笑，主張唯有人格爲絕對的有價值，提唱一種人格主義。他的有名的著述『英雄及英雄崇拜』『Heroes and Hero Worship』是根據此種意義說明使人生進步向上的是少數的英雄或天才的理由。此外尚有『French Revolution』，『Chartism』，『Cromwell』，「Hitrory of Freedrich」。「Life of Schillor」等。他又會譯格堤的『Wilhelm Meister』。

（四）法國的浪漫主義

盧梭是法國的浪漫主義之第一人既如前述，但盧梭之偉大不是藝術家的偉大，是革命的思想家，預言的文明批評家的偉大。他的作品如「新愛羅依斯」（Nouvelle Héloise,1761）及「愛彌兒」（Emile,1762）都是借小說的形式發表自己的主張，不能視作純正的藝術品；但在文學上的價值卻不小了。當時歐洲文藝術界受了他的思想的影響，如英國的渦茲渦斯，柯爾利支，司各特，拜輪，雪萊，德國的格堤，雪梨爾等都是由他的浪漫主義的大精神覺醒起來的作家。但在他本國由他的精神而起來的浪漫的文學較之英德兩國稍遲。法國的浪漫主義文學實由由果（Victor Hugo,1802——1885）大仲馬（Alexandre Dumas,1803——1870）起。

十九世紀初期，法國之大革命餘波尙未全息，飽嘗了戰亂的民心都有渴慕鮮美的優樂的生活的傾向，在文壇方面對古典主義的文學也生了厭倦，想別求一種更富有活氣的文學，故初則歡迎莎士比，繼復讚美格提的作品，聽說喜歡文學的拿破崙一世戰陣中嘗耽讀「少年維持之煩惱」。其後英德的浪漫主義異常的澎湃，侵入法國，到此時盧梭的浪漫主義精神才在他的祖國結成美麗之果。

法國的浪漫主義的精髓不能不首推由果，法國本為古典主義的根據地，規律的古典文藝在社會上占有強大的勢力，不易推翻。但由果的戲劇「愛爾那尼」(Hernani, 1830)在法蘭西戲院上演之後，遂一舉而覆滅古典派，變為浪漫主義的天下了。他在熱情的抒情史方面尤有奇特的天才，對從來受規律的限制之詩歌起一大革命。

在由果之前對浪漫主義的文學已着先鞭者為沙多布里陽，(Francois Rene

Vicomte de Chateanbriand, 1768——1848)。憂鬱 (Metancholy) 是沙多布里陽的一種天性，也是他的作品上的一種特色。他是個把所謂「世紀的痼疾」(Le Mal du sicele) 很強烈地歌唱出來的詩人。利用文學爲社會的武器是當時的弊風，他對此弊風不惜加以強烈的反抗與攻擊。沙多布里陽也喜謳歌自然，這也是他的特色，浪漫主義的特徵固然在此，即後來的自然主義之萌芽亦潛胚於此。他的「阿他拉」(Atala)，「爾尼」(Rene)就是這一類的作品，很有名。沙多布里陽之外有拉馬爾丁 (Alphonse Lamar tine,1790——1869) 威尼 (Alfred de Vigny,1798——1864) 米塞 (Alfrel demusset,1810——1857)等亦爲有名作家。格馬爾丁的藝術是重自然而富於情感，不事雕琢的工夫。威尼是把人生之無限的悲哀深刻的，玄祕的歌唱出來的詩人。米塞是能歌詠最優美而又最深妙的戀愛的詩人。在法國由浪漫主義至自然主義之經過極爲順調，唯浪漫主義的運動比較遲緩既如上述，至由果，浪漫主義文學始達大成，由果的作品中的人物極雄大，文章也極美麗雄壯。他的「哀史」(Les Miserables,18(2) 及「Noter Dame de Paris,」(1831)等小說爲有名的作品。但由果的長處還是在韻文。大仲馬的戲劇雖收了相當的成功，但還還不及由果。麥里買(Procsler Merime'e,1802——1870)是小說家兼批評家，他是由他的傑作「加爾曼」(Carmen)得名，斯丹達爾(De Stendhal,1718——1842)長於描寫心理解剖小說，他的眞名爲 Marie Henri Beyle。他的名作有「紅與黑」(Rouge et Noir,1831)及「巴爾門的小修道院」(La Chartrense de Parme,1839)。前述之米塞的作品具有拜輪式的熱烈的要素而詩風則拜輪的優美高尙，聳動了世人的耳目。他的「Rola」是歌唱「世紀的痼疾」的詩，富有近代風味的作品，喬治桑特(George Sand,1809——1876)原名爲 Amatine Lueile

Aurore Dudevant，是當時代的有名的女作家。米塞和當時的大音家梭彭(Chopin)都因對她懸戀，誤了他們的生涯。

以批評家的資格爲浪漫主義對古典派力戰者有戈低葉（Theophilc Gautier,1811——1872）他雖然做小說，但他的特長還是在詩，長於寫色彩濃厚美麗的詩。又當時的思想界還有貝蘭(Biean)安貝爾(Jean Jacques Ampere)庫贊(Victor Cousin)等主張精神活動是內的感情及意志的發達，智識不過是其副作用。這種主張是對十八世紀的唯物的，主智的傾向的一種自然而然的反抗。

有一部分的文藝批評家謂戈低葉以降的時期爲浪漫主義反動時代。乘此反動的機運而起的詩人有勒工特得里爾（Leconte de Lisle,1818——1894）波朶禮爾（Charles Baudelaire,1821 —— 1867）威爾禮奴（Paul Verlaine,1844

——1895）馬拉爾姆（Stephane Mallarme）等。至波朱禮爾和拉馬爾很明瞭的有近代文人的面影了。

述完了法國的浪漫主義文學後，還要舉出一個我們不應忘却的作者，這作者就是巴爾紮克(Honore de Balzoe,1799——1850)。由時代說來，他是浪漫主義還正盛期內的人物，但他的作品有顯著的實寫的傾向。他的描寫之精細和眞實決不讓後代的自然主義作家。他的作品的着想還是空想，其描寫的人物也不能說全是眞的人類的人物，包圍人物氛圍氣也和現實很相懸隔；但由他的筆描寫出來是很自然的，不像虛構出來的。他的作品「人類的喜劇」（Comed'e humaine）實爲自然主義藝術的泉源。他的精力的描寫，情熱的主觀，宏大的規模，一點足推爲近代之一大巨匠；所以他有「文學界的大將軍」之稱（Marechal des Lettres）。

三　自然主義 Naturalism

（一）　現實思想

欲述自然主義，要上溯至十九世紀中葉，考查那時代的現實思想是如何的一種思想。繼十八世紀的唯理思想而出的是浪漫主義，緊跟着浪漫主義而發生的思潮便是現實思想。至現實思想發生的原因很明白的有遠因和近因兩種，遠因是文藝復興的精神，近因是浪漫主義的墮落。

細別文藝復興的精神是很多種類的，至其根本的精神則爲對中世紀的超人事的超自然的傾向之一種反作用，卽重現實，尊自然的一種精神。此種精神最初形成一種啓蒙思想 Enlightenment 汎行于全歐，唯理思想和古典主義是與此種思想相關聯而發達的。但此種思想因有輕視感情生活和理想的生活的缺點，所以在文藝復興時代，其現實的自然的精神不能具現實思想的形式而表現。浪漫主義遂乘此而抬頭，極力主張從來附諸等閒的感情的生活和理想的生活。由此看來，文藝復興的精神實歧分爲二，其一具啓蒙思想和唯理思想之形式而表現。其一具浪漫主義的形式而表現，可以說是文藝復興的遺補。其後浪漫主義愈趨愈下，及至末流完全沒却了文藝復興的精神，有流于空想，流于頹唐等弊端；這就是現實思想出世的近因！

十九世紀之現實思想其初至少可以說是對理想主義及浪漫主義的一種反抗。現實思想視一切理想及想像爲不足取的空想，唯專注重現實的事實。從前的啓蒙思想至此陣容一新，再出現於十九世紀，文藝復興之精神也至此時才正確的表現。

由現實思想產生出來的產物很多，不單現在想論述的自然主義。例如自然科學之發達，唯物論之勃興，實證論之流行及社會主義之發現都是由現實思想而生的現象。

（二）文藝三要素

能最深刻的代表時代精神的是文藝，又能夠造新的時代精神的也是文藝。十九世紀後半期的文藝就是個好例。這時代的文藝之代表時代精神及新造時代精神比其他時代的文藝尤爲顯著。幷且當時的社會對文藝的期待很誠懇，有文藝的思潮即可完全代表該時代的思潮之概。十九世紀後半期的文藝就是自然主義的文藝了。

想理解文藝上之自然主義，不可不先理解比自然主義先進的實寫主義（Realism）。實寫主義是對浪漫主義文藝之以誇張及空想爲特徵的一種反動，把現實生活很忠實的，盡其精確綿密的寫出來的一派文藝。

確立實寫主義的基礎的人就是前章末略述過了的巴爾紮克（Balzact）。巴爾紮克以後的文藝絕無空想的想像了。他祇把當時的現實生活正確的實寫出來，與其說是創造的才能，不如說是分析的才能。

實寫主義之立脚點是自然科學的精神，以正確的描寫現實的事實為目的。但事實之正確的描寫單靠綿密的外面的說明是不成功的，因為外的瑣事刻板的抄寫和分解事物的精神完全是兩件事，所以實寫派眞能把實生活正確的描寫出來否，當然是一個疑問。對題材完全客觀的無關心的實寫就是實寫主義的缺點，其流弊就是實寫派的作品趕不上一個照相機了。補正實寫主義的缺點而起的就是自然主義。實寫主義派的作家過於客觀的，自然主義派的作家則非絕對的客觀，也非絕對的主觀。從前的理想主義的文藝是偏重主觀，其次的實寫派文

（理想主義）

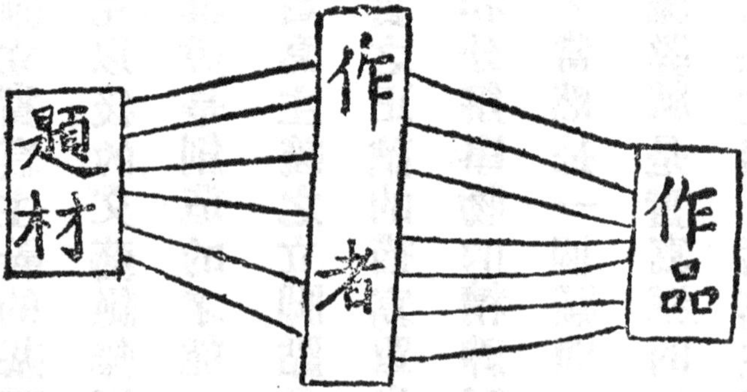

（實寫主義）

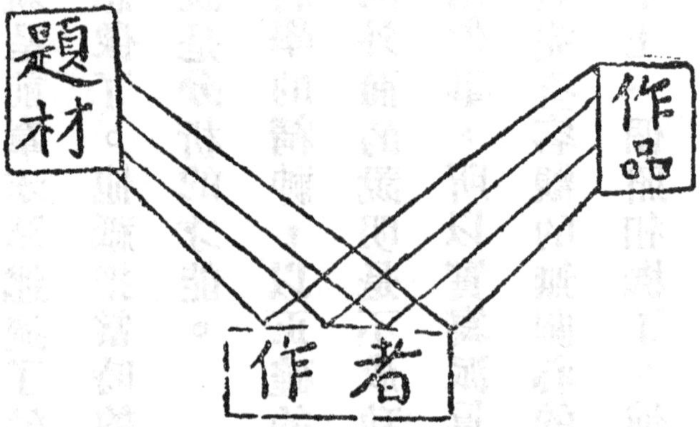

（自然主義）

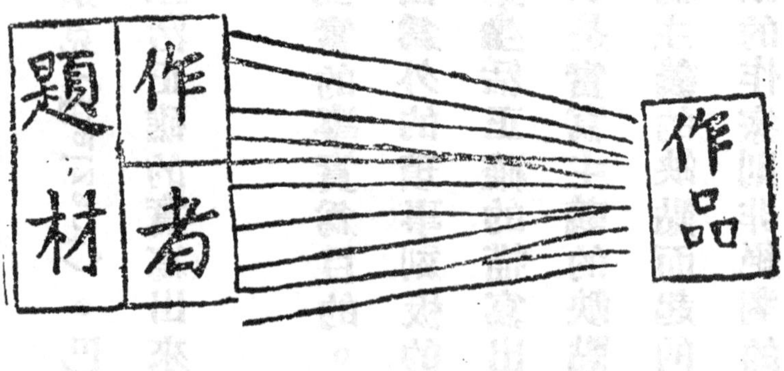

藝則過于客觀。自然主義除去此兩派的弱點，求主觀和客觀的合一，換句話說，就是尊重實驗的一種新主義。一般人常混視實寫主義和自然主義而不明其區別，今把這兩主義的文學上之三要素——題材，作品及作者——間之關係示出來，其區別就不難明白了。要言之，寫實派是注重純客觀的，自然主義是注重純經驗的。

實寫派的文藝雖有弱點，但根據自然科學的精神，極端的排斥從來誇張及虛僞，專以求客觀的眞實爲目的，這一點不單對文藝上有多大之貢獻，就連在一般人的思想感情上，其鼓吹具體的，現實的精神之功績實不可沒！

（三） 自然主義文藝

實寫主義在文壇上最得勢力時，在此實寫派文藝中抬頭出來的就是自然主義的文藝。照這樣看來，實寫主義是自然主義的先驅，也可以說自然主義是依據現實思想而起的實寫主義中的一派。

在法國最先唱導自然主義不消說是愛彌兒左拉(Emile Zola)。他說，文藝的作品決不是由想像或直覺而創作的，文藝的作品要由實驗，分析及歸納而從事藝術的製作。他每作一篇小說，對各方面都有綿密的記錄，按一定的順序配列，然後把牠寫出來。完稿之後作品的頁數常少于記錄的頁數。這是因爲他有『科學卽藝術』的思想。他不單主張非科學的藝術爲無價值的，並且不當牠是種藝術。

剛庫爾兄弟（E.&T. Goncourt）也是有名的自然主義的作家。他們用科學者研究一種對象的方法去作一部小說，『若知道人類的體質，卽對人類的生理組織明白了後，他們是如何的人物，具有如何的性格就不難決定了。』

如上述，實寫主義乃至自然主義是爲反抗前代的浪漫主義而興的，不單在形式上捨去理想主義而爲忠實的描寫，就在內容方面也不以浪漫主義爲滿足。浪漫主義是單向人生的光明的方面着眼，作誇張的空想。反之自然主義的文藝是專向人生的黑暗方面實寫。前者是向靈的精神的方面唱高調，後者却向肉的物質的方面描寫。例如莫泊桑（Maupassant）筆緻纖麗，但他對人生的解釋都是肉慾的，因之對人生祇從醜惡可悲憐的方面觀察。他用銳利的筆端，依自然主義科學的方法，無忌憚的人類生活的一切黑暗面都抉剔出來了。因之社會受他的衝擊決不算小了。

在更廣義的自然主義作家中，我們要把福萊柏爾 Flaubert 推舉出來。他以爲人類生活是浮華的無意義的，對之生出一種絕望的達觀。但他元來素質上的傾向是有幾分浪漫主義的分子。不過他能極力排去主觀，用冷嚴的客觀的描寫把事實赤裸裸的表現出來。像『波瓦利夫人』（Madame de Bovery）就是這種的代表作。又他因爲要完成『沙浪波』（Salommbo）一稿而對史實之研究有足使歷史家們驚歎的。

以上述的是法國的自然主義。其中尤以左拉的主張對德國生了最深刻的影響。當時德國恰恰是自然科學的全盛時代，自然主義的文藝就如火之燎原，馬上風靡全文壇了。德國的自然主義不消說也是以自然科學的精神爲基礎，但不如法國之偏于肉慾和黑闇面的描寫，有徹底的探求人生的眞相之傾向。故在德國對反對事實之空想及反對眞實之虛僞，排斥得很激烈。對曾爲一代文化之誇，以德國的國民詩人的資格而受崇拜的雪梨爾（Schiller）亦當他是個空想家而加以排斥，就連對比較實寫主義的格提也當他是個空想家而加以排斥。

一八八九年自然派的代表哈普特門（Hauptmann）的『日出之前』（Vor Sonenaufgang）在柏林劇場上演後，德國的自然主義由是確定。但哈普特門本身沒有一點自然的表示，他的素質大部分傾向浪漫的方面。但他一方面有『織匠』（Die Waber）的自然主義的作品，他一方面又發表極端浪漫的象徵的作品

『沈鐘』(Die versunkere Glocke)。總之德國的自然主義就大概言，是很躍進的發達的。排除一切舊思想的主義，一舉而就新思想主義，這是很顯然的。但其實際的態度很趨向社會主義的運動，因之自然主義運動和社會主義運動間無明瞭的區別了。所以有人說，『社會主義』之一點就是德國自然主義之特徵。

上述德法之外，在北歐，即斯干地挪維亞半島及俄國文藝皆相繼產出自然主義的文藝來。不單北歐，其實十九世紀末及二十世紀初的全歐文藝沒有一個不帶自然主義的色彩的。北歐的代表者有挪威之易卜生(Ibsen)瑞典之史杜苓特堡(Strindborg)俄國之陀斯妥夫斯基(Dostoyevsky)及託爾斯代(Tolstoi)之四者。他們反抗前代之理想主義及浪漫主義思潮，與其對人生的善美的光明的方面着眼不如向其黑闇方面注意及對人生懷抱着深刻的悲觀，此數點是完全一致的。不僅如此，他們所及的範圍不單限於狹義的自然派所專注意的特殊方面，他們由人類生活的根本發見出人生的醜惡來，創立所謂自然主義文藝的新面目。但他們又不如德法之自然主義者以人生為醜惡因而絕望。他們更加努力要從醜惡的裏面認出光的，善的，美的東西和理想來。照這樣看來，他們又像理想家了。其實不然，他們是沈鬱的現實家，所以他們的懷疑和苦悶都是為欲創造有新光輝的人生而懷疑苦悶的。他們祇把人生作美善觀，對現實有點不忠實。就此點看來，他們和他們的追從者是在自然主義上更超脫一步了。所以他們的藝術別有新浪漫主義的名稱。（Neo-Romantioism）

自然主義在十九世紀後半期實支配全歐的文藝界。到了十九世紀末期，一般人們對人生的醜惡再忍不下去，不能讓牠就這末樣醜惡而不過問，他們想非在這種淪落的人類生活中發見點新生命出來不可。因此新理想主義或新浪漫主義的氣運在十九世紀末及二十世紀初遂變成社會的思潮了。

在那時代帶有濃厚的自然主義的色彩，但在自然主義中別具一種面目的就是上述的『北歐文藝』及『我國文藝』。斯干地那維亞思想及俄國思想實風靡當時代的全思想界。對人生的黑暗面懷着極深的哀感，想把牠抉剔出來之一點是北歐文藝和自然主義文藝全同態度的。所以北歐文藝可以說是廣義的自然主義的一派。但對狹義的自然主義却別有面目了。

易卜生把附着於社會生活的人生的弱點無忌憚的指摘出來」。在社會問題，婦女問題，新舊思想中的一切自覺問題都是由易卜生提出來的。史杜苓特柏對兩性問題曾抱深刻的懷疑，也曾加以深刻的觀察，他以為由兩性的結合而成的社會中是決沒有一些光明存在的。又陀斯妥夫斯基把附着於人類生活的深刻的罪惡活活地描寫出來，使世間一般人們戰慄。託爾斯代也曾很銳利的把人世的殘忍暗黑面描寫出來。

以此四人爲代表的北歐文藝很深刻的把人生的黑暗面發表出來了。但他們不像自然派的文藝以人生爲物質的機械的，不認其有何等的進步及自由之絕望；他們總想在人生中發見出點光明來。他們的懷疑，苦悶及哀調較之自然派尤爲深刻，但不像自然派之爲懷疑而生的懷疑及苦悶；他們是因爲想在淪落的人生中發見些新生命新光明而起的懷疑及苦悶。他們對自己，社會及人類之救濟的要求和努力愈熱烈，他們的懷疑也從之更深刻，他們的苦悶也更激烈。

他們由醜惡的可憫的現實看見朦朦的理想之光了，因之離却現實，唯主觀的描寫理想之美。由此一點對非現實的荒唐無稽的舊浪漫主義，別立一個新浪漫主義的名稱。但此新浪漫主義並無明瞭的定形。把二十紀的文藝排列起來一觀察，沒有不取新浪漫主義的傾向的。至牠歸納至如何的形式，推移至如何的方向，是今後的問題，非現在所能斷定的。

（四）自然主義文藝之內容

自然主義的文藝很明白的有兩個特徵。第一是和實寫主義同精神同態度，並且比實寫主義更嚴密的更徹底的採用自然科學的精神及方法。換句話說，自然主義文學是把自然科學的精神及方法完全的適用到文學上來了。自然科學上的方法是對多數之事實爲歸納的實驗的觀察，由此種觀察再發見出一定的法則來。若把這方法應用到文藝上去時，須除去一切主觀和想像，蒐集多數的事實而加以精選，定其取捨，在一定系統之下純粹的客觀的把事實很忠實的描寫出來，這就是自然主義的文藝。

但在這客觀的描寫中自然生一種困難出來。例如觀察事實是當然可以用純粹的客觀法。至對觀察的結果以何者爲主，何者爲從，其整理配列的方法如何，那就專靠主觀的活動了。所以藝術的作品是沒有絕對的客觀目的。不過這客觀描寫的旗號是反對從來的誇張的描寫而重尊事實，故其創造出一種愛眞實的純正傾向之功績是很偉大的。因爲尊重眞實的結果，其題材多由身邊現在的生活選取。若以過去的事實爲題材，比較難迫眞的描寫出來。這就是在形式上與從來之浪漫主義不同的地方。

第二之特徵是文藝內容上的特徵。卽自然主義對人類之生活爲自然科學的及唯物論的解釋，有祇專從暗淡的悲觀的方面觀察之傾向。唯物論以人生爲機械的，同樣自然派亦以爲人生是受着自然力的支配的盲目無識的像奴隸般的東西。他們以爲所謂『自由』不過一片的空想罷了。人生是沒有何等可尊的意義，因之亦無爲圖全其生存而奮鬥的價値。這就是自然主義的人生觀。但這不能說是自然主義之必然的要素，甯可說是現實思想之勢過溢，更進一步踏入空想獨斷中的世界了。通俗的說，浪漫主義是樂觀的祇向好的方面馳騁其空想；自然主義是對浪漫主義的一種反動，專悲觀的向惡的方面逞其空想。本來現實的世界上惡的面積比較的廣善的面積是很狹小，這誰都不能否定的。透視了人生的邪惡的部分而向之洒同情之淚，並爲之盡力搜尋在闇中微微的發光的善美的部分，總想發見出一點有人生的意義分子來；新浪漫派之這種態度最少在今日是最適切于當代的現實的。這個新浪漫主義又可所稱爲新自然主義。不過我們要注意的是現代的文藝不問牠有何種的名稱都是由自然主義發源出來的。

在文藝上之本質上說，浪漫主義才是文藝的本流。自然主義不過是一時的支流，這是我們應該注意的。故近來表現主義之運動漸次的盛起來，决不是偶然的現象。

(五) 本來的自然主義與印象的自然主義

總上所述，我們知道自然主義的文學是以科學的精神爲基礎，以正確的，如實的描寫人生目的的文學。由方法或態度方面說，浪漫主義的文藝有類歌唱，自然主義的文藝則有類描繪。浪漫主義是求美的，自然主義是求眞的。目的爲求眞，方法爲客觀的，這就是自然主義的性質的大體。

既如上述，純客觀的製作方法及態度（即對人生的觀察和描寫）是很罕有的，所以同是自然主義，其中再分出派別來。即自然主義有二種，一爲純客觀的，一爲挾帶有主觀的分子的。前者稱爲『本來的自然主義』後者稱爲『印象派的自然主義』。

本來的自然主義可以說是指左拉主義（Zolaism）而言。印象派的自然主義是前述的剛庫爾兄弟所提倡的一派。要說明此二者的區別不能不先把『印象派』（Impressionist）這個名詞稍加說明。『印象派是由繪畫方面而來的名詞。自然主義的傾向未在文學上表現之前，早在繪畫方面表現出來了。十六世紀前半期的提齊亞娜(Tiziano)的作品中既見有自然主義的萌芽。古典主義的繪畫以描繪人物爲主而不注重自然。至堤齊亞娜則喜歡以自然爲題材而描繪自然物，這就是繪畫之有自然主義的傾向。由十八世紀至十九世紀繪畫尙屬古典時代，注重線形而輕視色彩，祗從調和的及均整的形式美做工夫，和文學上的古典主義沒有差別。其後浪漫派起了，注重光和色而輕視線和形，熱烈的情感多在畫面上發揮出來。由這時候始，以自然爲題材的風景畫漸漸的盛起來。本來古典畫是以意大利畫爲標型的，因爲意大利是空氣澄清的地方，景色的輪廓很明瞭，故畫家很盡力于線和形的描繪。至浪漫派(同時有自然派的傾向)的畫家是摹倣荷蘭方面的繪畫，因爲荷蘭的土地低濕，水蒸氣極盛，空氣矇矓，故一切景物的輪廓很不鮮明。因之其風景畫就不重形和線而專注意色彩及風格。英國的風土也和荷蘭差不多。印象派所描寫的並不是存於客觀的那個東西，他們所描繪的是那個東西所印在心裏的象。即不是精細的照着那件物的象而描繪，是照着由感覺受來的直傳到心裏的印象而描繪。這就是印象派的畫法，不重形和線，祇注重色彩和風格。形和線是說明上用的東西，客觀的說明那件物時不能不描繪形和綫。至色彩或風格是比較印象的，主觀的的東西了。對一件東西欲一個樣子描繪時，自然不能不加以說明；但若以映在心上的，祇要所看見的樣子描畫出來可以滿足時，那就無說明的必要了。

本來自然主義是注重客觀之事象，想把她一個樣子的描繪出來。最好是能夠像把實物拿到鏡子面前般的照出他的象來。換言之自然主義就是主張純客觀的。但是作家眞能很嚴正的以純客觀的態度對待事象麼？對象物眞能像映在鏡子裏面般的映在作者的心上麼？人心不是鏡子。作算人心是個鏡子，也各有帶着個性之影的鏡子，在這種鏡子上映出來的象是難免帶點該個性的影子。雖說是照對象一個樣子看，一個樣子描寫，結局所看的是自己所能看見的部分，所描寫的是自己所看見了的部分。就連『本來的自然主義』的老祖宗左拉也這樣的說：『藝術的作品是藉自己的氣質而看見的自然的一隅』。這就是以純客觀的態度爲主旨的『本來自然主義』的弱點。爲補救此弱點起見起來的就是印象派，把已經排拆了的主觀，用別的形式再採用了。剛庫爾兄弟是最初主張這種方法的，始終以作者之印象爲主，合併外物的印象和由外物而生的情趣上之印象，內外澈底的表現出來。所以有人稱左拉主義爲『報告的自然主義』而『印象派自然主義』爲『徹底的自然主義』。德國的自然主義就是這種徹底的自然主義。哈普特門的『日出之前』早實行了這種主義的。

由此看來純客觀的態度既爲不可能的時，所謂印象的自然主義或『本來的自然主義』不過是程度上的問題了。要言之，這兩種主義是由作者執筆當時的態度（卽覺悟）而決定的，或傾此或傾彼原無一定。『本來的自然主義』是想把由外來的自然不歪不曲的映寫出來，故其態度是始終消極的。若不勉強去排除主觀的分子，祇任映到心上來的印象盡情的展開而把他描寫出來的態度是積極的態度。這就是印象派自然主義的態度。故此兩者間沒有明確的界綫，祇由抑制主觀的程度如何而定的。若以『本來的自然主義』爲自然主義的本體，印象主義可以說是由自然主義漸次至象徵主義，神祕主義，或新浪漫主義——總之是自然主義文藝至以後的更新的文藝間的中間的過程。

（六）　由浪漫主義至自然主義之徑路

自然主義的態度雖有積極和消極的區別，但其目的——以捕捉事象之眞爲目的——是一致的。在自然主義想看的想寫的都是『眞』，和以『美』爲目的的舊文藝完全不同。今試把由浪漫主義至自然主義間的推移說一說。

自然的及平民的兩點是浪漫主義文藝和自然主義文藝所共有的性質，除此兩點以外，其他性質完全不同。

由浪漫主義至自然主義之徑路是：

（一）由空想至現實——浪漫的時代，人們都懷戀着美的高尚的理想——可以說是種空想——而忘却現實，不知人生之幻影而多懷奢望。自然主義則以美爲幻影而專尊重現實。

（二）由情熱至理智——浪漫主義是熱情的。至受科學的精神而興的自然主義則尊重理智。古典主義亦尊重理智。但古典主義的理智是謀適合于公式或法則的理智，像裁縫師的謹守尺度。自然主義的理智是注重知覺和感覺，專探索事物之眞相的理智。前者是祇圖整頓形式的工夫，後者想透觀眞相的努力。同是理智其間有非常的差異，這是我們不可不知道的。

（三）由主觀的至客觀的——由熱情的至理智的就是由主觀的至客觀的。浪漫主義的藝術是想歌唱，自然主義的藝術是想觀察。前者以自己的頭腦任意的製造事實創造美的東西出來。後者始終很忠實觀察事實，想發見眞的東西出來。前者是以作者之主觀爲本位。後者是以對作者之事實——客觀爲本位。在前者，作者的個性表現于主觀的外部了。在後者，作者的個性却藏伏者客觀的裏面。

（四）由精神的至物質的自然主義之發生是對理想主義（Idealism）之物質主義（Materialism）之勝利結果。在浪漫主義藝術上所看見的一切現象有精神的靈的。在自然主義藝術上所看見的一切現象全是物質的機械的。

（五）由技巧至無技巧——如上述，浪漫主義是想創造美的。自然主義是想發見眞的。所求的在彼爲美，在此爲眞。所用的方法在彼爲創造的，在此爲發見的。創造是需要技巧。發見祇要忠實的觀察，可以不需要技巧。對自然是不能弄技巧的。故自然主義藝術之一特色爲無技巧。

（六）由『爲藝術之藝術』變爲『人生之藝術』——藝術因自然主義遂脫離空想而追就現實了。卽由僅有夢般的美麗的空想之世界回到充滿着悲哀，煩惱，醜惡的現實的世界來了，卽和眞的人生相接觸到了。浪漫主義的藝術對人生是不過問的，以藝術別造成一個藝術的天地，超然的遠離塵世的卽『爲藝術的藝術』。他們主張藝術是專爲藝術而存在的，藝術是最尊嚴神聖而不可犯的，卽主張藝術至上主義。至在自然主義藝術是接觸着人生的，卽爲『爲人生的藝術』。物質文明極盛，生存競爭激烈的近代，幾多痛苦，悲哀，煩惱圍繞着我們，決不容許我們超越人生，翺翔于現實外的天地。因之藝術也不能脫離現實界而別造天地，對現在生存問題處處生出密切之關係來。

（七）由遊戲之境至嚴肅之境——此傾向參照前項是很明瞭的了。和人生，實際生存問題有了密切關係的自然主義藝術當然再無餘假從事于藝術之娛樂了，在藝術上也生出一種虔誠的態度來。

（八）由韻文至散文——浪漫主義的藝術以感情爲主，時有欲歌唱的氣概。自然主義的藝術尊重眞確，故不欲歌唱而欲描繪。描繪上最適合的形式就是散文。韻文是以調格爲主的文章，適于歌唱而不適于記載或描寫。自然主義起來之後，韻文廢而散文盛。換言之卽詩廢而小說盛。近代歐洲文學，不論在量上在質上都是小說占優勢。由這樣的意思，可以說自然主義遂和詩遠離了。和散文接近就是和科學接近的意思。由歌唱而描繪，由韻文而散文，由詩而小說；這種徑路是近代文學上最值得注目的一種傾向。

（九）由異常至平凡——浪漫主義的藝術專以驚心奪目之奇異事件爲其內容的。我們一讀彌耳敦的『失樂園』，拜輪的『猛夫烈特』（Manfred）就可以知道浪漫主義的作品是可以用『偉大』『熱烈』，『超凡』『崇高』等形容詞做評語的。一任作者之空想，一任作者感情之奔放，自由自在的構成事實。至自然主義受着現實的束縛而無此種自由，祇想表現人生之眞，把普通的現實生活寫出來。若非現實的事件則以不自然而排斥之。故自然主義所描寫的多以平凡無奇的日常生活現象，無論誰人都能充分的了解的感知的卑近的事件爲內答。即自然主義藝術的內容是很和讀者相接近的，能在日常和讀者本身或和讀者相往來的人們身上發見的事實或每日所經驗的事實。所以讀者在作品中隨處可以發見自己的影子。但很迫切的深刻的使吾人感着有所謂『人生』而加以思索者就是自然主義的特色——不僅是自然主義的特色，是近代藝術的特色。今試由一方面考察這個現象：現今的時代是平民的時代，不是從前的王侯英雄之天下了。文明愈進步，個人的力量愈平均，因之再不許有拔羣的英雄豪傑之產出了。現代不是一個英雄可以把天下爲私有的時代了，是由多數的有同等力量的凡人共支配天下的時代了。一切都平凡化了，再沒有奇特的事象了。在此平凡時代，想描寫時代的眞相的文藝是平凡無奇的，這是自然的趨勢。但由他一方面考察，所謂一切平凡化也不過由作者的觀察如何而決定的。在古代以爲異常的事象，由今日的科學的觀察或不覺其爲異常。這不是從前的偉大或奇特到今日就消失了，是因爲現代的人們不覺其爲偉大或奇特了。換句話說，現代的人的觀察比古代的人的觀察鋒利得多了，態度也冷靜得多了。這不消說是受近代科學精神的影響。在唯物論者——即主張以物質爲中心者的眼中決沒有號稱神祕的這種東西。拿破侖是英雄，羅斯福也是英雄，同是英雄，但今人決不能以昔人觀察拿破侖的眼光去觀察羅斯福。昔人以爲英雄是半神的，超一般人類的，關于英雄的事像是神祕的。但今人的觀察却不同了。英雄還是普通的人類，不是超乎普通人類之上的人，不過比普通人精力強些吧了，比普通人能多幹些事吧了。雖說是英雄，在質上和一般人是沒有何等區別的，不過在量上稍有點差異吧了。天才是這樣，美人又何常不是這樣。從前因爲沒有觀察到那件東西的眞相，單看見由那件東西發生出來的事象，便覺驚奇。現代人則不然，他們的觀察犀利得多了，單看見由那件東西發生出來的事象是不能滿足的，更進而探求其眞相。在藝術上也是這個樣子，在自然主義的藝術裏面沒有像在浪漫主義的藝術裏面所表現的一類美人和英雄了。拿破侖在託爾斯泰的『戰事與平和』裏面不過是個普通人。總括以上所述的，昔之浪漫主義的藝術是有把平凡的化爲非平凡的傾向的藝術。自然主義的藝術是作算有非凡人類或事物亦有要把他們平凡化而觀察之的傾向。浪漫主義和自然主義的差別大概盡于上面所述的了。在西洋文藝史上說，一八三〇年前後是浪漫主義的全盛時代，到一八六〇前後是自然主義的全盛時代。

（七）自然主義作品的描寫

（A）科學的描寫

自然主義既是由科學的精神產出來的，故牠的作品之最大特色就是科學的。自然主義是把文學化了。所謂科學的就是客觀的，已經反覆說過幾次了。作者既拋棄了主義，取了冷靜的客觀的態度，決不再表現小小的『自己』了，即所謂取『自然之無關心』(Indifferent of Nature)的態的態度了。『自然』是以因果法則支配一切事象的，作算有惡人反享幸福，善人反受痛苦，也只好聽其自然而不顧。自然主義的作家要和『自然』一樣的對一切事象取無關心的態度。作算他有如何不合理的事，有如何可悲可哭可愕可哀之事，作者只把他冷靜的觀察，冷靜的描寫就好了，決不可因他而悲歡憤怒。祗把看得見的看，寫得出來的寫，自然派的作家的責任就算完了。若把所看見的所描寫的拋在一邊，把自己的意見參加進去，把自己所思考的解決方法也提出來；那就不算是自然派的作家了。把作品的內容無決解的放棄過去才是自然主義的特色。其實忠實的觀察現實之眞相時，其關係是很複雜的，不容易考案得出解決的方法來。若勉強的提出解決的方法來，那就變爲獨斷了。獨斷是有傷科學的態度的。

自然派之人物描寫決不是依據隨便的想像，粗略的描寫些人情就算了事，要更進而探究其心理，即取心理學者般的態度。描寫要達到可以據心理學證明其確實的境地。更進一步，單描寫心理仍不能滿足，要加描寫生理。心和體有相互的有機的關係，旣描寫心理勢不能不並及生理。人類是一種生物，其思想行爲多受生理狀態支配。所以一般察人類先要由生理的方面描寫。自然主義的作家要有生理學的智識，並要把這種智識應用到作品上去。左拉和莫泊桑作品就是個好例。

自然派作家不單要描寫狀態的心理和生理，並要向病的現象方面着眼。近代精神把人類弄成病態的了。想把這種人生的病的現象赤裸裸地描寫出來，對此病的現象就要有充分的注意。以科學的方法解剖人類的病理是自然主義作家的目的之一。由這一點看來，自然派作品和病理學更有深密的關係。左拉的作品多病理學的。他的『Les Rougon Macquart』一面描寫遺傳，一面描寫病理。又自然主義的作品很多描寫瘋狂的。本來癲狂的描寫不自自然派的文藝始，但對癲狂爲科學的——卽病理的觀察確是由自然派爲之倡了。神經描寫最深刻的要推俄國的自然派作家，他們尤長于病的神經的描寫。咯爾新(Garshiu)的『紅花』，安都列夫(Andréev)的『血笑』及『心』，哥利基(Gork)的『兩狂人』都是在此種描寫上有名的。尤其是『心』這一篇在醫學者間是很重要的究研材料。

進化論在自然主義文學上也有很大的影響。進化論所說的遺傳自然主義的作家很愛把他取來作題材。左拉主義的代表作"Les Robgon Macquart"是以遺傳做經線描寫的。這部小叢書的發端先描寫『Rougon家的運命』(第一卷)，寫此家的祖先之不德並說明遺傳之源。承有此種病的遺傳的一家人處過種種的境遇種種的發展，左拉把他們一一的很精細的寫出來，計十九卷。其間常把這一家人受着病的遺傳支配的情狀爲精細的描寫。這部小說是寫一家族的進化歷史，遺傳歷史。最後的第二十卷爲『怕斯卡爾博士』。左拉叫這位博士據遺傳論，把這一家——承傳有惡血的系統歷歷的指摘出來，就把這部大著述結束起來了。所謂怕斯卡爾博士是以當時之生理學家庫洛都北爾那爾特（Claude Bernard）爲模胎兒（Model）。左拉受了這位生理學大家的思想的感動，遂着手寫這部大作。易卜生的『幽靈』也是描寫遺傳的作品。

（B）　精細及正確

描寫的精細也算是自然主義作品的特長。但自然派作品中也不少粗略的描寫的作品。日本之自然主義先驅者國木田獨步的作品都是粗描的。但他的描寫雖粗略，觀察是始終很精細的。又如印象主義的描寫常用省略法，故描寫粗略；但他是一點一點的捉着描，所以粗描裏面暗示着許多複雜的意味；這就是觀察方面很精細的結果。剛庫爾兄弟的"Germinie Lacerteux"就是個適例。要言之，科學的觀察就是精細的觀察。

『精細』之中同時含有『正確』之義。因爲要求『正確』才要『精細』。『正確』即『眞』，『眞』即自然主義的目標。所謂『科學的方法』不外求接近這個目標的手段吧了。自然主義的作家第一要尊重『正確』。福萊柏爾僅要寫六行關于植物的記事，足足讀了三卷書並跑去拜植物學者之門乞教，又向其他專門學者發了三封信去質疑。又因爲要精確的寫關於鸚鵡的記事，特買了剝製的鸚鵡標本來研究。這些都是自然主義作家熱心求『正確』的一例。又哈普特門寫『織匠』的時候，特跑到利西亞（Jilesia）去仔細的調查織匠的生活狀態。自然主義的作家多由自己的經驗採取材料，以本身爲主人翁而創作，完全是爲尊重『正確』起見。若描寫自己以外的人物時，一定要指定一個人爲模胎兒。富萊柏爾之『波瓦利夫人』是以作者的父母，朋友等爲模胎兒的。其他自然主義作家的傑作後有不用模胎兒的。因此發生出所謂模胎兒問題來了，表示出藝術家的生活和普通人的生活間難調和的一面來。

（C）暗面描寫

旣稱科學的同時就不能不爲現實的。現實的就是『赤裸裸』的意思。作者始終要尊重實際，不能依自己的趣味或愛憎爲取捨，不能把事象直觀，也不把牠藏隱，祇要赤裸裸的把牠固有的趣味描寫出來。這是自然主義作者應取的態度，其理由還是歸到『眞』的目標上去。所以自然主義作品之一特色是暗面描寫。暗面卽人生的黑暗汚醜的方面——是在自然主義以前的，以『美』爲目標的文學所不屑顧及的方面，但在自然主義文學上是很受歡迎了。恐怕是因爲從前太把這方面看輕了，到了自然主義時代起來的一種反動吧。自然派之筆專喜歡向暗面描寫，有專選暗面的傾向。在這暗面中描寫最盛的就是性慾。

自然主義以前的文學對醜的穢的事象都把牠們遮蔽着，關于性慾的方面都擱置不寫，以為是種醜的穢的事象，形諸筆墨是一件可恥的事而排斥之。但是性慾支配人類生活的力很強，若把牠一概抹殺，萬難把人類的眞相描寫出來。由眞，現實，科學的各點觀察，自然主義的文學就不能不重視性慾了。不單重視性慾，人類之物質的方面的一切都見重于自然主義，因為自然主義的根抵是物質的人生慾。在自然主義時代，以為人類是靈的，但至現在的科學時代，人類和犬猫一樣的是動物，以自然主義為立脚點所觀察的人類生活是肉的生活。極端的說來，人獸的生活沒有什麼差別。性慾描寫的根據就在這一點。又由他一方面觀察，現代的生活比古代是比較的接近肉的獸的了，這也是自然主義注重性慾描寫的一個原因。重理想的時代，物質生活給一種形式遮蔽着了，不能赤裸裸的表現到外部來。但到了現代，理想既亡，道德宗教之權威又弱，唯物的人生觀得了勢力，有極端的追尋物質的快樂的傾向，這是無用掩飾的事實了。又近代人多神經過敏，貪求肉感的刺戟；所謂肉慾在生活上有了一種重要的意義，這也是自然主義注重性慾描寫的一個原因。

自然主義以前的文藝並不是全然沒有性慾描寫，不過描寫的態度不同吧了。描寫的態度是以性慾爲醜的穢的而加以非難，或當牠滑稽可笑的把他寫出來。至自然主義的作家則不然，對性慾不加以道德上趣味上的批評，祇當性慾是能移動現實的人生的強力，把他寫出來。法國的莫泊桑是個性慾小說家，他的"Une Vie"及"Bel Ami"及都是由人性中發見出獸性來的作品。又左拉也是個性慾小說大家，所以有批評家非難他，說他是把人類當野獸描寫了。但他的態度是始終嚴肅的。丹儂擠喲（D，Anuzic）的『死之勝利』，可以說是描寫性慾的古今獨步的小說。這篇小說表面的肉的臭味雖甚濃厚，但其裏面有高尚的情緒存在。

人生的暗面當然不單限於性慾，貪及其他種種不道德的方面很多，把人生的暗面暴露出來。自然主義的作家對此等暗面不添多也不減少的把他描寫出來。把不堪正視的人生的醜陋也無忌憚的描寫出來。自然主義的作家多把他所尊崇的，讚美的對象描寫，即把作者之理想在作品中的人物上表出來。自然主義的作者對作品中的人物是取無關心的態度的，祇以純客觀的態度把萬物之靈的醜態描寫出來，給我們看。

自然主義作家容易失敗的地方就是當暗面描寫時，不知不覺的取了一種冷笑和譏刺的態度，這決不是純粹的藝術家的態度。大藝術家要有冷靜的眼光，菩薩的心腸，並且腹中要蓄有多量的熱淚，這才是大藝術家的態度——尤其是自然主義的作家要有這個態度。

(D) 斷片的——日常瑣事

由異常至平凡是由浪漫主義至自然主義的徑路，既如上述。由自然主義的眼光看一切事物都是平凡的，其間並沒有輕重高下之分。自然主義把世界醜惡化了，同時又把世界平凡化了。故自然主義的作者多取日常瑣事爲題材，把此等瑣事裏面所含有的人生意味表現出我們看。忠實的把平凡的日常生活描寫出來是自然主義文學的最大特色。

平凡的日常生活之描寫就是把人生的斷片移到紙面上來，故自然主義的作品不注重情節，也不注重人物。若實生活是無首無尾的，這寫實生活的記錄之自然主義文藝也同樣的無首無尾，至自然主義以前的文學很注重情節和脚色，以情節變化，脚色的奇特把讀者集中到自己的作品上來。至自然主義之作品是由有血有肉的活人生，用銳利的刀割取下來的一斷片。自然主義的小說所欲描寫的，就是人生的斷片。

丹儂撟喲，莫泊桑，左拉等自然派諸作家都是不尊重情節的。自然主義之尊重描寫而輕忽情節不消說是求事象的正確和對個性的忠實。

以情節之有趣無趣判斷作品的人都是賞鑑力程度很低的人。喜歡讀浪漫的作品的人當以自然主義的作品——不重情節的無結搆無脚色的作品——爲無聊。但文藝幷不是婦人女子的玩品，也不是一種消遣的娛樂品。自然主義的文藝固然不是愉快的文藝，但不愉快和無興味完全是兩件事。不愉快的一點就是發生文學的興味的。當文藝爲一種娛樂的人們對自然主義文學當肆其攻擊，但自然主義文藝決不是他們所想像的那樣廉價的東西。簡單的說一句，浪漫主義的文藝是把非凡中的平凡告訴我們；自然主義的文藝是以平凡之中發見出非凡來給我們看的。自然主義文學是描畫日常瑣事的，在這日常瑣事中含蓄着許多非凡的意味。

（E）個性與環境——技巧問題

自然主義之文藝其尊重正確與精細既如上述。換言是努力以求迫其結果就是注重個性的描寫；所以個性描寫可以說是自然主義文藝的特色。從來的文藝的描寫以外型爲止，卽預先有一個概念以臨事象，把一切事象都導入這個概念中去，然後加以觀察。不重感覺而重思想（卽概念）。尊重心裏所生出的一種型體就是舊日作家的態度。至近代的新文藝排除一切概念，排斥預先生成的型體，專直接觀察個性。至要徹底至事象的核心則非觀察個性描寫個性不可。

所謂個性不單限于人物始有的，故個性描寫不單指人物描寫。例如地方色彩（localcolor）就是土地所有的個性，地方色彩的描寫也是自然派文藝的一要素。從前的作品是全不顧地方色彩的，自然主義勃興以來，一般才注意于地方的色彩。

所謂環境，在繪畫方面說就是背景。試看古昔的人物畫全然沒有背景。有時有點背景，也和畫的主題的人物沒有何等的關係，多是無意義的。但近來多用背景爲裝飾了，使與主題的人物調和。例如穿着白色浴衣的美人的背景，以新綠色爲適宜，調和其色彩。血腥的戰場上死屍傍邊，特繪一枝紅花，便生出一種對照情趣來？更進一步的畫風認主題和背景的關係是有深意義的。即背景和主題間有一種不可分離的有機的關係。背景常因主題而變爲有意義的，主題又因有背景而活活的有生氣。在繪畫方面是這個樣子，在文藝上也有同樣的變遷。人物，情節，環境是小說的要素。從前的小說注重人物和情節而不顧環境。例如祇寫『上古有一處地方有……』，把人物和情節寫下去，至其人物之環境——即在何時代，在何場所，如何情形——則一點不寫。這恰恰和繪無背景的人物畫一樣。但至現代注重環境的描寫。由描寫環境，人物的眞相也就同時表現出來。

環境和個性，兩者實有不可分離的關係。由唯物的機械的自然主義的立脚點觀察，個性完全由環境而決定的（即決定論）。不獨人物，凡一切事物的性都受環境的力的影響。由這一點看來，自然主義是最重環境的描寫的了。例如要描寫一個人物，不能單把那個人物摘出來描寫，一定要把他的環境關聯起來描寫。人物和環境之間有必然的原因結果的關係。前述之地方色彩的描寫不外是環境描寫的一種。

描寫個性比描寫外形困難得多。譬如有一株樹，若爲外形的描寫，祇表示其概念是很容易的事了。若感覺不很新鮮或不銳敏，是很難捉着個性的。作算捉着了，若仍無傑出的技巧也難充分的表現出來。在這裏自然主義文藝的技巧問題就發生出來了。但前節不是說過了，由浪漫主義至自然主義的變遷是「由技巧至無技巧的』嗎？這裏不能不加解說一下。前節所說『無技巧』是指作爲當要描寫的時候對事象的態度和觀察方法及指對舊式的文章上之技巧的排斥，決不是說全不顧文章的表現方法。自然派的作者對表現的方法比從前更加注意。本節的『技巧』和前節的『技巧』，是有點差別的。從前的技巧是專從美詞名句上做工夫，自然主義的技巧是對表現方法的苦心。

(F) 人生

從前以爲文藝是閒散文人的一種娛樂。寫字是娛樂，讀書是娛樂。並且一般的藝術家都有隱遁的風氣，對于世事概置不理。由藝術上說，就是『爲藝術的藝術』，作者都悠悠的遨遊于藝術之天地中。不單如此，作者自身在自己藝術中別闢一世界，在自己藝術另求樂地。但至自然主義以後的文藝對世事不能像從前一樣的冷淡而無關心了。文藝愈想把人心由現實遊離出來，愈覺得煩苦的現實緊逼到我們眼前來了。

自然主義之最大特色無用再贅是現實了。作自然主義文學之對象的就是現實的人生和現實的生活。藝術以自然主義爲媒介始和實人生實生活生了密切的關係。『人生的義意怎麼樣？我們的生活的意義又怎麼樣？』這是自然主義所念念不能忘懷的。自然主義雖不能把這問題解決，但是很想提出來和讀者討論的。自然主義的文學，不是叫我們娛樂的文藝，是對人生對生活叫我們深加考究的文藝。自然主義，不消說，具有多種的形式及派別很難一律論，但和舊文學比較起來，是有由藝術派至人生派的徑路。尤其是北歐的自然主義者人生派之傾向最明顯。託爾斯代就是極端主張『爲人生的藝術』者，他以爲對人生無貢獻的藝術是無價值的藝術。

自然主義既有這種傾向，勢不能不和社會問題接觸了。左拉的小說的大多數是這一類作品。例如"L'Assommoir"是描寫男女們因酒，色，貧困而墮落死亡的情狀，這明明是社會問題了。他的冷靜的科學的態度裏面是藏伏着有燃着般的改良社會的熱意。所以有人批評他是理想主義者。哈普特門的『日出之前』，西利西亞的『織匠』等作品，其動機仍然是熱望社會的改良。尤其是易卜生的戲曲，無一不是研究人生或社會問題的。他極力描寫社會的缺陷和社會的惡德。我們試追尋悲劇發達的徑路，經過了三個階級。人類之力和其他的不可抗力相爭，一切悲劇就是由人類之力的敗北而發生的。由這不可抗力的解釋之變遷生出悲劇發達的階級來。古代劇的不可抗力是『運命』。中代劇的不可抗力是在個人性格中存在的固有的『缺點』。至近代劇中的不可抗力就是『社會的狀態』了。易卜生所描寫的不外是這些事象。個人對社會之問題——具體的說來是個人解放，由是而婦人解放之問題——最痛切的描寫出來了。實生活遂因之起了動搖。『實生活，實際社會因藝術而起動搖』在和現實完全離隔的舊文藝上是很少這樣的例。但在自然主義文學上決不算是種奇特。例如俄國的藝術上之作品有左右政治的大勢力。有時候政治和文學合體起來活動。杜更涅夫（Turgenev）的『獵人日記』有促解放農奴之力，是其一例。託爾斯代的作品很受政府的猜忌，政府雖無如這位世界的大文豪何，但他的作品的出版者所受的苛罰却不止一次了。哥利基也由本國追放出來，終身流寓外邦。

自然主義對道德懷疑的，虛無的態度引起了教育家們的非難。文藝對教育的論爭，在自然主義勃興當時最盛。映在教育家——尤其是僞善的教育家——的眼中的自然主義作品是有害無利益的書籍，亂世迷人的書籍。若以道德爲限於過去之道德非現在的道德，自然主義文學和這樣的道德不能相容之點當然很多。若以道德爲固定的永久不變的，自然主義文學當然是不道德的文藝了。但是道德決定不是固定不變的。過去有過去的道德，現在的道德，未來也當然會生出一種未來的道德來。自然主義文學的確描寫了很多和過去的道德及現在的道德不能相幷立的人生，但對未來將成立的道德却給與了不少的助力。把人生的暗面赤裸裸地寫出來，縱令和過去或現今的道德相反，但使讀者加以考究，由考究的結果可以產出新道德來，例如易卜生的『娜拉』(Nora on Dollis House)，他的行動，由我們中國式的婦德上看來是很不道德的。但若不拘泥於舊道德，由人道上說，就不能不是認他的行動了。故新婦德可以說是由娜拉的行動暗示出來了。自然主義文學之所以不能和舊道德相容是因爲要築牠的新道德的基礎。由因襲的道德上看來是不道德的文學，但由人道上看來——即由最高道德，第一義道德上看來決不是不道德的文學了。要言之，凡以自然主義文學爲淺薄無聊，有害青年的人們，我敢斷然的說他們是受着因襲道德，第二道德的頑莫固陋的僞道學先生！

以由果的"Hoain!"爲頂點的浪漫主義漸次衰落時，由果的聲名也同時的穨倒下來。人們的心都由空漠的理想及不可捉摸的熱情驚覺起來，漸回顧到實現來了。卽在法國，作浪漫主義的一反動，自然主義漸抬頭起來了。

（八）法國的自然主義

在劇壇方面，繼由果，仲馬之後的有小仲馬，沙都（Sardou）等，作許多有過渡時代色彩的作品。在小說方面則以福莱北爾爲自然主義運動的先鋒。小說上的自然主義運動實是十九世紀後牟期的法國文壇的中心勢力。假定分爲前期和後期的兩期則一八六〇年前後爲前期，一八八〇年前後爲後期。代表前期的是福萊北爾。代表後期的是莫泊桑。

（A）前期的自然主義

近代自然主義的第一人福萊北爾(1821——80)起稿寫「波瓦利夫人」的時候是一八五〇年浪漫主義的全盛時代，也是實寫派的開山祖巴爾紮克死的那一年。但在這時候，由果和戈低葉還沒有死，浪漫主義的餘勢還保存着。福萊北爾一方面被推爲近代自然主義的第一人，一方面又有把他加進巴爾紮克系的實寫家裏面去，其甚者竟有人當他是浪漫主義末派。這些都不是全無理由，因爲福萊北爾的確傳着有巴爾紮克的實寫系的一面，又還沒有完全脫離浪漫主義的臭味。但他以嚴肅的客觀的態度把當面的事實赤裸裸地精細的寫出來的作風明明是有自然主義的特色。他拋却一切主觀，祇用和明鏡般的心來映照事物，並且把緻密的觀察結果用正確的適切的文章表現出來。他以爲作者的個性要完全除去情緒，客觀的觀察現實的一切事象。他主張不論牠如何好看的或如何無聊的事物要同樣的描寫。他又說，『醜也有和其他事象同樣描寫的理由。醜，在牠的特色點，比其他事象更有描寫的理由。』他這主張眞不愧爲自然主義的先覺。他的暗面描寫和醜的描寫不像左拉和莫泊桑般的無忌憚，不敢盡情的可以說是沒有全脫浪漫主義的影響。但對現實不事增減，也不加以解決或僞造結果，這就是自然主義的要領了。故稱他做自然主義的第一人。福萊北爾所最苦心的就是文章。他敎他的弟子莫泊桑說，『世界中沒有完全同樣的兩粒砂，兩個蒼蠅，也沒有完全同樣的兩隻手，兩個鼻。』『描寫一炬燃燒着的或一株樹木時，我們要正面的對那炬火那株樹，仔細審查，最後要把他們和別的火，別的樹不同的地方發見出來。』他又說，『凡我們想述的，不問他是什麼事物，一事物的表現祇有一個用詞，名詞祇有一個，動詞祇有一個，形容詞也祇有一個。我們要繼續探求，至發見這個唯一的名詞，動詞或形容詞止，決不可取類似的字來敷衍』。由此可以知他觀察個性後要把牠描寫時用很嚴確的文字。福萊北爾的文章的生命卽在此。他對藝術的苦心也就不難想了。不過因爲過于苦心了，他的作品稍爲缺乏點活氣和從容的態度。總之在描寫方面，他表示出自然主義的特徵來了。他的『波瓦利夫人』是描寫一女性的墮落的生涯，費了六年間的苦心的結晶，但在當時的世評不很好，因爲無忌憚的暗面描寫引起了一部分的讀者的非難。其次費五年間的努力完成一部歷史小說『沙浪波』。又費七年的心力出一部『情感的教育』（I, Education Sen'imentale）。但史評都不甚佳，因爲他的作品過于進步了。一生的心血全爲藝術犧牲了的他，在失意困憊中遂與世長辭了。但他的弟子莫泊桑竟成爲後期自然主義的大家。福萊北爾和多數的自然作家一樣，厭世的傾向很強。厭倦了人生的他，覺得除藝術外人生理面是無何等可顧的東西了。一生沒頭于藝術中，像他這樣忠實對藝術的人再沒有了。他的生涯中除藝術的勞作及孤獨外再沒有什麽東西了。

原有浪漫的傾向，受了自然主義勃興之機運的感動，完成了自然主義的作品的人是亞芳斯都德（Alphonse Paudet.1840—67）。他的自然主義可以說是浪漫的自然主義。他一方有浪漫主義之理想的感情的色彩，一方又有自然主義之現實的解剖的色彩。他當製作作品時，着想雖由事實採取，但表現時添了不少的空想，空想添描得好時還可以，添描得不好時就變為空冗的作品，不及左拉剛庫爾們的純真了。但他的作品中有種在左拉或剛庫爾的作品中決不能發見出來的特色，即縣密的情緒。且其文章之綺麗有獨步之稱。他因為有先天的慈和的情緒，不忍正面觀察人生的暗黑面，祗專向光明面觀察。又他對作品的人物不深刻的指摘，有同情的傾向。他的作品是暖和的健全的，故大受社會的歡迎。他的代表的作品是『沙賀』(Sapho)，很濃豔的言情小說。此外"les lelires De mon moulin" 及 "Contes Delundi"（磨房中的書信及月曜小說）都算是傑作。

明白的高揭出自然主義的旗號，提倡新藝術，並曾對一切攻擊及非難奮鬥的人要算是左拉（1840——1903）。他可以說是自然主義的元祖。左拉的代表作品是"Les Rougon Malquart"二十卷。在『自然的』裏面含有遺傳，宿命等的意義，在『社會的』裏面含有人類和境遇的交涉的意義，由他的序文就可以曉得的。

左拉是受近代科學的精神的影響，把科學的研究法應用到文學製作上去。即『科學的』這一點和巴爾紮克的寫實主義有些差別。左拉是在觀察之上更進一步提倡實驗的。不過人生和實物體不同，不能自由的把牠實驗，結果不過是應用一種提倡去觀察吧了。所謂實驗小說的弱點就在這裏。

左拉的作品。上舉之"Les Rougon Malquart"外，大規模的作品如『三大名城』(Les Trois Villes)『四福音』(Les Quatre Evangiles)都是名作。『四福音』中的『多產』，『勞働』，『眞理』三部先完成了。第四之『正義』未完稿。左拉不是個天才，但是個努力家。他的觀察力雖不銳敏，但非常深刻，不論如何微小的事，他都不忽略放過。他的文章很遲鈍，但很正確。精細之極，有流于漫冗之譏。描寫的冗贅雖是他的弱點，但他對人生對藝術的態度是很熱心的。他專觀察人類的獸性也算是他的缺點，但是這個缺點就是使他成爲自然主義的先覺者。

自然主義的作風本分成兩派，既如前述，福萊北爾及左拉是屬『本來自然主義』的。他一派的『印象的自然主義』之先驅者是剛庫爾兄弟。兄名愛德孟(Edmond 1822——96)，弟名玉爾(Jules, 1830——70)。兄弟兩常發表合作，那一部分成于兄的手，那一部分成于弟的手，是分別不出來的，所以一般把他們兄弟作一個人而論。他們有病的銳敏的神經及微妙的感覺。此卽他們的自然主義傾向印象派的理由。他們最初多歷史的作品。他們對十八世紀的美術，就中尤以法國及日本的美術之硏究爲最深。他們之所以爲傑出的賞鑑家就是因他們有銳敏的神精，和微妙的感覺。小說中最有名的爲"Germinie Lacerteux"。其他如"Soeur""Rhinomene""Renee Mauperiu"及"Manette Salomon"等，在他們生前的批評都不很好。但他們對僅二百人前後的讀者，熱心執筆常因不滿一、頁的一段文章，耗費許多的金錢及數個月的時日以探索材料沒頭于藝術之硏究，眞足令人佩服。他們的藝術注重印象而不顧從前小說所尊重的統一，所以他們的作品多不具小說的體裁。他們所描寫的人物映在讀者心裏不過是那時的一種生活的模型。他們描寫時代生活的氛圍氣比各個的性格寫得還要濃厚。硏究的忠實及文章的精細二點是他們的特色。

(B) 後期的自然主義

以自然主義的代表者自任之左拉抱有一種根本的理想，卽以社會改良家自任而寫小說的，在這一點有受着道德觀念的束縛的形跡。反之，不像左拉般的多所議論。實際上最最完全的發揮了本來自然主義的面目的作家就是莫泊桑（Gnz de Maupassant. 1850——93）他不單是法國的，實在是世界的自然主義文學的代表者。他最初是研究詩的，他的有力的個性色彩很強的詩引起了社會一般的注目。後來他棄詩而學小說。他的受業師就是福萊北爾。福萊北爾指導他的方法很嚴格。最初做了些作品，福萊北爾都不以爲可。莫泊桑這時候廢稿之厚高可等身了。到後來做了一籍小說『脂肪之塊』(Boule de Suif)，福來北爾讀了後才說，『有這個樣子就好了。多寫一打(Dozen)的篇數都可以。』但莫泊桑，莫說一打的篇數，他寫二百餘篇。其他長篇的作品“Bel Ami,”“Vne vie” 及 “Fierre et Jean” 等都很有名。

莫氏和左氏一樣的多描寫人類的獸性。但左拉是由科學的物質的見地斷定人生之眞是在獸性，由此概念出發而描寫。莫泊桑之描寫人類的獸性是把眼直接看，耳直接聽，鼻直接嗅，觸覺直接感觸到的人生赤裸裸的寫出來。拋去一切理想和觀念，拋去一切主觀，以純粹的客觀的態度把人生之象正確的照出來。這一點完全和他的受業師福萊北爾相似，並且比福萊北爾還更進一步。福氏還帶有浪漫的痕跡，他的客觀的態度不能算純粹。至莫泊桑的客觀的態度是完全純粹的。他無理想無觀念，也無道德的判斷，更無私情私念；祇忠實的想描寫人生的眞相。其結果會達到人類的獸性上來，是無可如何把牠描寫的。左拉描描的獸性是由科學的物質的人生觀分流出來。莫泊桑描寫的獸性是由他自已的五官和人生相接觸而生的獸欲現象。他作了多數的小說後成了一個模型，他就據此以觀察人生。他說，『不論什麼事物其中必隱藏着有什麼東西，因爲我們的眼睛有了顧慮前人所作的格式，所以看不出這種伏隱着的東西。不論如何微細的事物裏面一定藏伏着我們所不能知的量。我們不能不把牠發見出來。』他又說，『並不是不以娛樂爲目的，亦不是爲要引起感情的鬱昂，是爲要促人反省，使他們知道事件的裏面潛伏着有我們不可不了解的意味。』的確他的小說，雖是描寫很小的很平凡無奇的短篇也能使人感着人生的深意。他並不是把所發見的那件事物特抽出來描寫，他是描寫包裹着那件事物的自然人生，不加以道德的判斷，也不加以何等的解决。他的技能還是在短篇。因爲他的長篇有時不維持他的無私念的態度，他的短篇並沒有此種缺點。他的文章很潔簡也極得要領而且很有力。他的藝術的根據是感覺，所以他描寫也是感覺的。

（C）自然主義之反動期

自然主義的勢力達最高點時是一八八年前後，同時也起了一種反動。就中最先反對左拉的自然主義的就是批評家卜流尼特爾（Brunetiere）至法郎士（Anatole France）魯買特（J, Lemaible）等批評家開始攻擊自然主義時，歐洲之思想界己漸從科學萬能的迷夢覺醒起來了。尤其是像左拉般的極端傾向物質方面的自然主義更易引起一般的反對。以作家的資格最先反抗自然主義的是布爾這（P, Bourget）。他反對自然主義之作家專從物質的生理的方面觀察人類。他想以心理學爲根據細細的解剖或分析人類的心理。他不主張生理的肉的觀察而趨向心理的靈的方面。他是社會的傾向很顯著的作家，其材料多由上流社會採取，觀察很精密；但描寫方法有流于說明的缺點。因爲他同時是批評家而他的批評的根基設置于道德上面。

由自然主義至象徵主義神祕主義是近代文學所經過的路徑。有以一身歷過這條經路的作者要推灰士曼氏（Huysmans,1818——1907）。他在初期信奉左拉主義，比左拉要更精細更大膽的描寫人類之獸的生活，因得了『獸的自然主義者』的徽號。但他不能時常滿足的處于自然主義的境中，想在物質以上求些什麽，就是感着靈的覺醒了。到後來投進波得禮爾（Charles Baudelaire,1821——1867）的得卡舟（Decadents）一派了。最後又在象徵主義神祕主義方面開闢園地，寫『途上』（Enroute）『寺院』（Lecathedrale）等作品。他的目標是心靈的開拓，精神自然主義的創始。『途上』，『寺院』及『拉巴』（La-bas）是他的三部作，描寫一個靈由最粗陋的物質主義進至最高靈界之信仰的經路，以自身爲主人翁。『寺院』是最有名的作品，以大寺院爲材料描寫基督教的象徵——藉看得見之物把看不見的靈表現出來的基督教的象徵，並把自己的靈肉一致的姿態寓進裏面去；這明明是象徵主義了。他的文章極其晦澀。自然主義偏重物質的一面，他却尊重心靈，由此生出灰士曼的『精神的自然主義』——即象徵主義來。

晚近法國文壇最放光彩的作家是法郎士，他是個多才的人，爲詩人，爲批評家，爲哲學者，爲歷史家都得了名。他的印象批評聳動了一世。他最初就反對自然主義，但不能說他沒有脫去浪漫主義擬古主義的舊套。他不受科學的束縛，已由科學的範圍脫出來了的。他是個懷疑家，他和自然主義者同樣的懷疑道德，懷疑神，否定形而上學。但他同時排斥科學，他說物質非存在，不過現象吧了，即不過一種影吧了。他在他的作品中藉作品中人物之口說『關于自然的智識是什麼？豈不是僅爲吾人官覺的幻像麼？』他主張『一切皆虛無，在此虛無中唯一存在的就是自己，故他的藝術是主觀的。但他的藝術的主觀的決不是感情的。他以智的冷靜的態度觀察這種無條理貧弱的人類生活，所以他的作風是諷刺的。他也的確以諷刺小說家得名。置身高處，俯察人世，以冰冷的刺諷包裹着哀憐之淚而執筆的——這就是他的態度。

法郎士外尚有羅蒂（Pierre Loti，1850——）洛特（Edouard Rod，1768——1909）普利禾（Marcel Prevost，1892——）巴利斯（Maurice Barres）等。羅蒂有剛庫爾兄弟印象的筆致把由沉靜憂鬱的心情所看得的事象描寫得圖畫般的美麗。他，與其說是小說家寧說的個詩人，長于自然的描寫。他以航海爲業，故多把異鄉風物做材料，寫很多富有異國情調的作品，都是無一定趣向的斷片的旅行記印象記。他雖說是屬剛庫爾的印象的自然主義派，但他的作品過于主觀的，抒情的。某批評家批評他的作品說，『他的作品雖有幾分是實寫風，但另一具種風韻，一種悲哀，決不是實寫派所能企及的。』

『我們有一種決不是實寫主義所能滿足的慾望。所謂實寫主義原是自足的，狹隘的，物質的。我們漸漸的覺着不安起來了，漸漸的變爲精神的了，漸漸的愛起無限來了，漸漸的不注意于行爲了，常想在事件中發見出人類來——』這是洛特當脫出左拉的自然主義時自己回顧的感想。（洛特實是瑞士人）他和布爾者一樣的由心理的方面描寫人類，與其說是重觀察，寧說是重直覺，卽倡始所設直覺主義。多厭世的懷疑的語調，但以眞理之追求爲藝術之職司，主張藝術是和能引吾人至動物生活以上的位置的一切事物一樣的神聖。作品多社會小說。

普利禾布爾者一樣的以心理小說得名。尤多爲婦人問題執筆。他的作品多是以精細的觀察解剖近代的女性的心理。巴利斯是國家主義的作家。反對巴利斯的國家主義，倡世界主義的有羅蔓羅蘭（Romain Rolland，1868）。

總之法國文壇之趨勢已脫自然主義而進新理想主義藝術之域了。

(九) 德國之自然主義

(A) 德意志青年派 (Die Jungdeutschen)——實寫主義時代

繼格提，雪梨爾而起的，有天才之稱的詩人就是海涅 (Heinrich Heine，1797——1856)。他的詩雖無莊重雄大之趣，但詞調之幽婉纖美，在社會上得了不少的愛讀者。他又多刺諷的調子無忌憚的駡當代的文化。在他的懷疑的傾向中發見得出近代思想來。當時德國人民苦于聯邦組織之專制政治之壓抑，多懷不平，因之表現于文學方面，起了一種以破壞及懷疑爲事的德意志青年派之運動。這個運動是由浪漫主義至自然主義的媒介運動。海涅晚年明明有此德意志青年派的思想。此派的文人爲北尼(Borne)老柏 (Laube)骨慈哥 (Gulskow)等。文壇的主流 (Main Ourrent) 遂變爲實寫主義，不久更變爲自然主義了。

由一八五〇年至一八七〇年德國文壇爲實寫主義的時代。青年派之實寫派的傾向已很明顯，如骨慈哥都有多數的實寫派小說，專描寫田園生活的村落小說。這些村落小說可以列入實寫主義文藝裏面的。其實此種村落小說從前奧爾柏哈（Ferthold Auerbach，1872——82）等已創作過。由契拉（Gottfried Keller，1819——90）史提孚大（Adalbert Stifter，1806——68）等的提倡而益盛。就中契拉是瑞士人，有瑞士之格提之稱，作鄉土藝術的先驅。鄉土藝術當在後節述之。至作實寫主義的文藝之中堅者爲孚賴笛（Gustav Freytag，1816——95）方他尼（Theodor Fontane，1819——1898）等。戲曲方面則有赫柏爾（Friedrich Hebbel，1813——63）。赫氏生前不得社會的歡迎，抑鬱而逝，他實在是以一身支撐將要頹落下去的德國戲曲的人。他想深刻的描寫人生的眞相，由"Judith,"“Maria Magdaleua”及“Die Nibelungen”三篇悲劇收了相當的成功。所謂心理的戲曲或性格劇是由赫氏之手始告完成的。在實寫主義上和赫柏爾齊名的有總劇家兼評論家盧威希（Otto Ludwig，1813——65）。

到了實寫主義全盛期，好的作品雖然多，但平凡無意味的作品也不少。由是就起了反動。命恆（Munchen）詩社就是反抗運動的中心。實寫派是不注重形式的，而這一派專注重形式美。此派的領袖就是保羅海逸（Paul Heyse），多美麗的短篇作品。但此派的反抗運動不能抵抗文藝的潮流，實寫主義更進一步，展開至自然主義來了。由這時候起，小說比詩或戲劇更為發達。

（B）　自然主義時代

在德國的實寫主義及自然主義時代沒有天才出來，所以文壇狀態極其混亂。在這時代戰勝了法國，德國達到統一的目的了，國運日盛，故一般人心的興味都傾向物質的生活，自然主義也勃發起來，再不許理想主義文藝抬頭了，對德國的自然主義文學之發生參與有力的，最先要舉法國的左拉，其次爲挪威的易卜生，俄國的陀斯妥以夫斯基及託爾斯代等。恰好這時候起來的尼采（Friedlich Nietzche，1844——90），他非必定提唱自然主義，但他的學說是與自然主義相通的，其影響於自然主義文學者甚大。超人的問題一時亦爲自然主義文藝的主題了。

這時代實寫主義及自然主義的運動極其混亂，既如上述。出了許多作家，也發表了不少的作品，其材料也向多方面探取，做了許多的試驗，但終不見有偉大的作家出來。祇有蘇德孟(Hermann Sudermann)和哈普特門(G. Fauptmann)兩人有世界的大文豪之稱。今先說蘇得孟罷。嚴密說來，蘇得孟的文藝和自然主義有些不同。他的描寫雖始終是實寫的，但他不單以描寫社會事象爲滿足，想更進而解決一切道德的問題。他的有名的作品有長篇小說『貓橋』（Cer

Katzersteg)『憂愁夫人』(Frau Sorge)及戲曲『名譽』(Ehre),『故鄉』(Heimat)等都是描寫個人和社會衝突。他的主張是,道德決不是絕對的。道德的思想因時代而有變化的,故一人的行為,由該時代的標準觀察雖為不道德的,但不能即加以非難。因襲的道德思想是很多不合理的,社會即藉此種不合理的因襲的道德以壓迫個人。個人對此要怎麼樣呢?個人和社會果不能調和的麼?始終主張自已的慾望反抗社會麼?抑或犧牲自己在社會面前屈服麼?他在『憂愁夫人』裏面對兩方都加以否定。主張自己的慾望和犧牲自己都不是道德的正理。最後不知如何才可,由此表示出厭世的傾向來。但在『猫橋』裏面則積極的主張非對此不正的社會——因襲的道德奮鬥不可。至『名譽』『故鄉』』等劇本更積極的主張個人的發揮。

哈普特門二十七歲時以發表『日出之前』戲曲得名。初哈普特門認識足稱自然主義之先驅者的荷爾慈氏（Holz），得受其影響。荷爾慈提倡極端的貫徹自然主義的主張——即唱徹底的自然主義，排一切的說明，描寫專爲記述的報告。但由是一轉而變爲印象的自然主義，因爲排除說明之一點是徹底自然主義和印象自然主義的共通的傾向，其轉化是當然的經路了。荷爾慈和他的友人修拉爭（Schlaf）合作公表了許多作品。荷爾慈的主張由創作而發表的多出修拉爭之力。採取荷爾慈修拉爭兩人的徹底的自然主義而試之於戲劇者就是哈普特門。他的處女作『日出之前』把徹底的自然主義應用到舞台上去。決心打破從來戲劇上的形式，不可不謂係大胆的嘗試。在法國，小說因自然主義藝術而繁盛，但在德國小說界中沒有天才，戲劇方面反生出有巨匠來，所以戲劇做了文擅的中心勢力。哈普特門之『日出之前』是發表他的社會改良家的面目的作品。他完成此作品的當時正在研究社會學。『我是爲萬人的幸福而戰爭。欲自己幸福，非先把在我周圍的人們置之幸福不可。我不忍看在我周圍的社會，疾病，貧窮，壓制，屈服等。』他把自己的熱意借劇中的主人翁之口發表出來。此劇是很強烈的受了託爾斯代，左拉，易卜生的影響。論社會問題的一點似易卜生。描寫酒毒的遺傳之一點似左拉。描寫黑暗的農民的生活及表示出一點光明之一點似託爾斯代。『日出之前』發表後續發表『平和節』(Das Fiedensfest)，『寂寞的人們』(Einsame Meuschen)等有名的劇本。其後再發表『織匠』，這是他把自己發揮得最有特色的作品。此劇本無主人翁，唯用種種場面變更，使其戲劇進行，在戲劇上具一新形式。以上都是自主義的作品。到了中年向抒情的方面發揮其文才，發表『漠湼勒之昇天』(Hanneles Hemmelfart)，『沉鐘』等。『漠湼勒之昇天』是以散文始以韻文終的戲劇，神祕的氣味很濃厚。他的第一傑作還是『沉鐘』，是象徵的作品。由此作品，他遂駕乎赫柏爾，雪梨爾等之上，而與格提，莎士比等齊名了。『沉鐘』內容寫一個鑄鐘匠着了魔道，棄却妻子。到後來妻子都餓死了。他到頭終無所得，祇贏得懷疑及死亡。

哈普特門寫了『沉鐘』後。再回到自然主義的領域中去，發表『車夫亨塞爾』(Fuhrmann Heaschel)，『狂飲與歡呼』(Schiuckuup Jan)，『可憐的亨利』(Derarme Heinrich)『唉爾卡』(Elga)等：但都趕不上『沈鐘』之有名。他的作風雖多變化，但共通的傾向是對新道德新理想的懷羨。

哈普特門之外，有自然主義傾向的劇作家有哈爾柏 (Mdx Halbe，1815——)，哈特雷朋(Hartleben，1864——1905)等。哈爾柏有『少年』(Jugend)，『潮流』(Der Shrom) 等是人所熟知的。此等小說似平凡無奇，其實藏有無限的情趣。在德墺的文壇上繼哈普特門有名的還是席尼慈拉 (Arthur Schnilzlor，1862——)。席氏是墺國維也納的醫生，有科學的精密的頭腦，同時又有詩人的優美的情緒。他專取人類的缺陷弱點——卽病的狀態爲題材，穿鑿心理極得其妙。關于『戀愛』及『死』的考察是他的作品的一要素。最初使他得名的作品是『嬌愛』(Liebelei) 一篇。他是個消極的女性的作家。他的長篇『死』(Sterben)，描寫一個病的情熱激烈的，神經過敏的利己主義者患了肺病，自知死期之將至，但還苦悶着眷戀他的美麗的愛人，有些像丹儂擠喲的『死之勝利。』

(C) 鄉土藝術 (Heimatkunst)

德國小說的特色爲鄉土藝術。前旣述鄉土藝術由奧爾柏哈至契拉等，其間已漸次發達。至雷提爾 (Fritz Reuter, 1810——74) 出來後，其特色益見發揮。自然主義專取都會生活爲題材，有物質的傾向，因之變爲頹廢的厭世的藝術。一部分作家對此能滿足，因起了一種反動，此反動就是鄉土藝術。鄉土藝術是建設在歷史和鄉土之上的藝術，描寫田園之一點似田園文學。但田園文學祇尊寫田園的情趣和農民的生活。至鄉土藝術裏面含有強烈的鄉土的感情，與其說是描寫人物，甯說是發揮種族的特色為主旨。蘇德孟的『憂愁夫人』是鄉土藝術的情趣很豐富的作品。鄉土藝術，一方面可以說是對自然主義的反動，但一方面又可以說是擴張了題材的範圍的自然主義藝術。不過她對由都會生活產出來的藝術不能滿足，對疲倦于物質的文明之廢頹的藝術不能滿足；至和象徵主義的技巧的一點比較起來，鄉土藝術是切近自然主義的。要言之，鄉土藝術是由近代生活生出來的一種產物。

此外以鄉土藝術的作家得名的有漢斯耶恰 (Heinrich Hansjakab, 1887——1916) 會連慈 (Wilhelm uon Polenz)等。

(十) 英美之實寫主義及自然主義

英國文學的中心爲詩歌。尤其是構成浪漫主義時代的都是詩人。雖有司各特之小說家，但他的本領還是詩人。律室（E.G. Earle Lytton 1863 — 73）是個政治家，其作品富有政治的色彩，且有傳奇的傾向。英國文藝之有實寫主義的傾向是由迭更司（Chacles Dickens, 1812——70）和撒卡禮（William Makepeace Thackeray, 1811——63）開始。迭更司喜歡描寫下層社會的生活，其作有暖感而富滑稽的分子。"David Copperfield" 等 "Christmas Canols" 等是他的代表的作品。反之撒卡禮專描寫上流社會人物，成功了的。他的作品有冷感而富有諷刺的分子。在冷靜觀察世相之一點，其客觀描寫確駕乎迭更司之上。其代表的作品有『虛榮之市』（Vrniry Fair），『享利依司蒙』（Henry Esmond）等。

十九世紀之英國四大小說家，誰都知道是司各特，律堂，迭更司及撒卡禮。而四人中又首推撒卡禮爲最偉大。他和惠爾鼎並稱爲第一流之小說大家，其雄健流暢的筆致及偉大圓滿的思想，實無足與比儔者。

與迭更斯司，撒卡禮同時代出來的閨秀作家有依利約特（George Eliot, 1819——80）。她長于心理的描寫。依利約特以後之小說心理的傾向益明顯，遂變爲小說界的主流。此主流(Main Current)的代表者要舉梅勒的斯（Geo ge Mei dith,1828—1909）及哈蒂（Thomas Hardy, 1840—）。梅勒的斯的代表作品爲『利己主義者』（The Egoest）。他喜歡描寫有堅強的意志的利己主義者。心理描寫比依利約特更鋒利更深刻，並且還有依利約特所沒有的滑稽及諷刺的作風。文章勁健而明簡，但有些晦澁難解的地方，和布郎寧的詩相類似。

受法國的自然主義的影響最深的爲哈蒂。他注重境遇及遺傳之力，以爲人類站在自然面前是不能自由的。他有這種機械的人生觀，明明是受了左拉的感化。他的作品的特色爲冷靜的描寫態度及有刺諷性的厭世的詞調。他喜歡描寫田園生活，故長于地方色彩的描寫。以自然和人類的關係爲有機的就是他的自然描寫的精神。他又長于女性的描寫，專描寫女性的弱點。他的代表作爲"Tess of the D, Urbervilles"，描寫名叫 Tess 的女兒因受遺傳及境遇的壓迫和翻弄，遂陷于墮落之淵，終至悲慘的一死的徑路。

亨利詹姆斯 (Henry Jamos 1843——1916) 也是英國近代文學的大家。他是創『知行一致說』(Pragmatism) 的大哲學者韋廉詹姆斯 (William James) 之弟，以心理小說聞名。他的作品以含有深邃的哲學的思想爲特色。英國近代三大文學家卽亨利詹姆斯，哈蒂及梅勒的斯三人。

迭更司以後之英國小說界的主流爲實寫主義乃至自然主義的傾向。其支流有追隨司各特的傳奇的傾向之史提文孫（Robest Louis stevenson, 1850——1894），他的代表作是『寶島』（Toensure Island），『新天方夜談』（New Arabitn Nights）等，都是冒險小說，很能投合英人的冒險癖。他的小說過于通俗的，但想像之豐富，描寫之精到，非其他作家所能及。

美國文學可以說是英國文學的分枝。但若深加考究，也有點差別。卽英國文學多受着道德或舊習慣的支配而美國文學却很自由的有平民的趣味。政治上是民主主義了。且由人種上說也不是純粹的英國人了，多是英法德西班牙等之混血種，故在性格上沒有一定的型態。又國土尙新，並無何等文藝的歷史，故一般人對文藝缺少親近。

在美國可稱爲文學的，恐怕是由華盛頓歐文始。他的"Sketch book"是很有名的。他的作品是微笑之中含有眼淚。詼諧也是他的特色——實可以說是

美國文學的特徵。

美國文學者中能受歐洲社會歡迎的，在散文有歐文，在詩有朗惠羅（Long fel low,1807——82）。朗惠羅之詩平淡，但含蓄有幽婉的情味。

在美國愛瑪孫（Emerson, 1808——82）能說，朗惠羅能歌，還有一個荷常（Hiwthorne,1804——34）能描寫。荷常多短篇作品，在極短的一場事件中把人生的神祕的運命暗示出來。長篇作品有『紅文字』（The Scarlet Letter）等。實寫之中帶一種寓意，由是把人生裏面的神祕暗示出來。

歌唱美國國民精神的詩人爲害特敏（Walter Whitman,1819——92）。他所歌的是民主主義根柢——自由平等，四海同胞的理想。但他的詩是種特格詩——與其說是詩寧說是散文。

南北戰爭——即一八六一年以後，美國文壇現出一種新傾向，實寫小說甚盛。『黑奴籲天錄』(Uncle Toms Cabin) 的作者史塔夫人 (Harriet Beecher Stowe)，我們不應忘記她的名字。

(十一) 俄國之自然主義

若把近代俄國文學之特質舉出來，有次之三件。第一是由哥哥利 (N,V,Gogol,1809——52) 開創的實寫主義。此實寫主義得以後多數之作家代爲宣傳，益見發達，他日對歐西文學生了強烈的影響。第二是心理的傾向。此傾向乃由理想對實社會之矛盾而生的深刻的苦悶之描寫發生出來的。普修金 (Pushkin) 在他的"Eugene Onegin" 裏面即描寫此種矛盾的心理。不論那一國人有現代生活的經驗的誰都感着此種矛盾的苦悶，不過在俄國的國情之下，此種苦悶尤深，因個人的理想受實社會的壓制比其他各國要酷烈些。列爾蒙多夫 (Lermontov) 的熱烈詩是徹頭徹尾歌唱此種矛盾之苦悶的。他的詩暗暗中對俄無識的貴族很巧妙的描寫出來。『父與子』是描寫當時之虛無思想，最初用『虛無主義』（Nihilism）的名詞。其他『路丁』以下的各作品不獨把時代思想和俄國的特質描寫出來，並且對各人物的個性，人情的機微都無遺憾的穿鑿出來了。他所描寫的是比較有教育的思想進步了點的階級。他最喜歡描寫的是戀愛。他描寫出來的戀愛都是很美的。他的天性愛光明，愛美，愛純潔，避開人性之醜惡及黑暗方面不寫。他一面有社會改良家的面影，一面又爲可親愛的悲哀的詩人。他的主觀雖很嚴肅，但裏面潛存着有殉情的色調。他的作品都帶有抒情的分子。一般作家一方面雖作許多傑作，但一面也有無聊的作品。像莫泊桑就是個適例。杜更涅夫則不然，他的作品可以說篇篇都是佳作。他的精緻的觀察，豐富的情緒，創作力的偉大，世界古今無能與相匹者。尤其是女性的描寫及戀愛的描寫，幾沒有作家能出其右者。他的作品，長篇之外尙有多數的短盛。『黑奴籲天錄』(Uncle Toms Cabin) 的作者史塔夫人 (Harriet Beecher Stowe)，我們不應忘記她的名字。

(十一) 俄國之自然主義

若把近代俄國文學之特質舉出來，有次之三件。第一是由哥哥利 (N,V, Gogol,1809——52) 開創的實寫主義。此實寫主義得以後多數之作家代爲宣傳，益見發達，他日對歐西文學生了強烈的影響。第二是心理的傾向。此傾向乃由理想對實社會之矛盾而生的深刻的苦悶之描寫發生出來的。普修金 (Pushkin) 在他的"Eugene Onegin"裏面卽描寫此種矛盾的心理。不論那一國人有現代生活的經驗的誰都感着此種矛盾的苦悶，不過在俄國的國情之下，此種苦悶尤深，因個人的理想受實社會的壓制比其他各國要酷烈些。列爾蒙多夫 (Lermontov) 的熱烈詩是徹頭徹尾歌唱此種矛盾之苦悶的。他的詩暗暗中對俄國國民給了很強的影響。第三，俄國近代文學之最大特色是社會的傾向。

俄國的一般文明在歐洲各國中發達最遲，文學也一樣的後于其他各國。彼得大帝以前之時代無所謂文學。跟着彼得大帝之國政改革，文學也和其他文明由西歐輸入來了。但當時文藝不過是西歐的摹倣罷了。到了十八世紀末期西歐諸國之殉情主義（Sentimentalism）——或稱主情主義——盛行，遂由加蘭精（Karamzin）介紹入俄國來了。至詩人周柯夫斯基（Zhukovsky）唱浪漫主義。他同時盡力于創作及翻譯，介紹雪梨爾，格堤，拜輪，司各特諸人的作品，對新與文壇貢獻頗多。至巴堤啞斯柯夫（Batyushkov）庫爾伊洛夫（Krylov）等詩人出來後，國民對文學之興味益深，終至有樹立國民文學之氣運了。

在十八世紀初期萌芽的俄國文學到十九世紀初期，約一世紀間全在西歐文學影響之下，專從事于西歐文學之輸入及摹倣。至一八一二年因拿坡倫一世之侵入，國民獨立文學也伴着國民之自覺一同起來了。其先驅者就是普修金（1890——1837）。他是一方面完成過去的文學，一方開後代文學之基礎的俄國文學界的偉人。俄國近代文學可以說是由普修金開始的。他的『爲藝術之藝術』的傾向很強，對藝術絕對不作功利的思想。他是代當時國民而歌唱的國民詩人，實是俄國文學之第一人。俄人之生活眞相，風俗，習慣一切都由他的筆尖很巧妙的描寫出來。他的"Ruslan and Liudmila."""Eugene Onegin"等都是不朽的傑作。又以深刻之眼觀察當時的社會，"Misfortune cf Peing Cleuer"之作者古利波依多夫（Criboyedov）也是俄國初期文藝界的一個重要人物。

普修金之後繼者爲歌唱熱烈的感情的詩人列爾蒙多夫（1814——41）。理想對實社會之矛盾的痛苦就是他的詩之中心。列爾蒙多夫之外有抒情詩人之稱的柯爾挫夫，（Koltrov）多歌農民的生活，多作民謠的詩。

俄國國民文學的基礎爲普修金所創始，至哥哥利始告完成。他把文學應實用到生活上去，排斥歌唱理想之浪漫主義，有描寫現實之自然主義的傾向，對俄人之實生活初試精細的客觀的描寫，正是俄國實寫主義或自然主義的元祖。他的作品有"Dead Souls Reviscr"等名作。哥哥利出後，俄國小說就有支配國民生活之力了。

哥哥利所開創的實寫主義與上述之社會的傾向共同發展。『自然主義』本來含有很多很複雜的意義及思想。今假定神祕主義象徵主義勃興以前爲自然主義時代。此時代初期的代表作者爲剛茶羅夫（Concharoy）和杜更涅夫（Turgesev）兩文豪。

剛茶羅夫（1812——91）的傑作爲"Oblomov"。當時有"Oblomoism"的名詞，可想見其讀者之多了。此篇是描寫大改革以前(亞勒山大二世之大改革，農奴解放亦爲此大改革之一項）的俄國社會。當時批評家柏林斯基（Belinsky）批評他說，『此作家不過是個技巧上的大家。全無熱論當時社會上之活問題的傾向。』剛茶羅夫雖不服從這個批評，但他是比較的藝術派的作家是無庸爭的事實。他像法國的福萊北爾，莫泊桑等有冷靜的嚴格的客觀的態度。

杜更涅夫（1818—83）之社會的傾向比較明顯。他平日對社會問題就很注意的。他的處女作『獵人日誌』（Sportsmans Sketches）是描寫農奴的慘苦的境遇，促起農奴的解放。他的作品中最有名的爲『路丁』（Rudin），『父與子』（Father and Son），『前夜』（On the eve）『處女地』（Virgin Soil）『煙』（Smoke），『貴族之隱居』（Noblexanis Retreat）等。

『煙』是一篇濃豔的愛情小說，以當時俄國的混沌的社會狀態爲背景，描寫得非常眞切。以諷刺之筆把空想的，言行不一致的當時之社會改良家和傲慢無識的貴族很巧妙的描寫出來。『父與子』是描寫當時之虛無思想，最初用『虛無主義』（Nihilism）的名詞。其他『路丁』以下的各作品不獨把時代思想和俄國的特質描寫出來，並且對各人物的個性，人情的機微都無遺憾的穿鑿出來了。他所描寫的是比較有教育的思想進步了點的階級。他最喜歡描寫的是戀愛。他描寫出來的戀愛都是很美的。他的天性愛光明，愛美，愛純潔，避開人性之醜惡及黑暗方面不寫。他一面有社會改良家的面影，一面又爲可親愛的悲哀的詩人。他的主觀雖很嚴肅，但裏面潛存着有殉情的色調。他的作品都帶有抒情的分子。一般作家一方面雖作許多傑作，但一面也有無聊的作品。像莫泊桑就是個適例。杜更涅夫則不然，他的作品可以說篇篇都是佳作。他的精緻的觀察，豐富的情緒，創作力的偉大，世界古今無能與相匹者。尤其是女性的描寫及戀愛的描寫，幾沒有作家能出其右者。他的作品，長篇之外尚有多數的短篇。讀他的優美的小品『散文詩』，能窺見他爲詩人的一面。丹麥之文藝批評家布蘭的新氏（George Brandes）謂，杜更涅失的作品都有一脈的憂鬱之波在流着。他的作風雖然很端嚴，客觀的描寫也無遺憾，並且認得出他制限詩的分子之加入；但他的平坦的敍事在讀者胸裏總會生出一種不易說明的抒情的印象，這就是悲哀的情調。他不單不把自身爲情緒的表現，並且極力抑制自己的情緒而創作；但他的作品中總是流溢着憂鬱悲哀的詞調。這些憂鬱悲哀從何而來的呢？布蘭的斯氏說，『杜更涅夫之憂鬱悲哀是由思索而來的。』他是思索的詩人，他是哲學的詩人。

他的生涯是很孤寂的。他對俄國之社會狀態不能滿足，他以一生之三分二的歲月在法國度他的生涯。但他常思念祖國。他以有妻子之身，和妻子訣別，遠客外國。二十五歲的時候在俄國獵場認識了一個法國的青年批評家威亞爾多氏（Viardot）。在法國就在此青年批評家中作食客，差不多全生涯都作食客的度過去。可憐的就是他對威亞爾多氏夫人發生了戀愛。自己的戀人就是友人之妻，祇能站在傍邊眺望，這種生涯的孤寂就可想像而知了。他缺少實行家之勇氣。他在憂鬱中產生，在憂鬱中生活，在憂鬱中死亡。布蘭的斯批評他說，『他的性格高尚，可以說是近優美那末清雅；但是優柔寡斷』。同是俄之文豪，託爾斯代的實行力就比他強得多了。

和杜更涅夫相前後出來的作家有披參斯基（Pisemsky），阿史拖羅夫斯基（Ostrovsky）等。阿史拖羅夫斯基在俄國近代文學史上有第一流的劇作家之稱。詩界方面有買柯夫（Maikov）波浪斯基（Polonsky）阿烈克斯託爾斯代（Alexis to Istay）尼基庭（Nikitin）等。

杜更涅夫的『父與子』中之主人翁巴遮羅夫（Bazarov）附自然科學之法

則外什麼都不相信，也不認爲有價值，把從來之信仰及理想一切都拋々度外，是個極端的偶像破壞者（Iconoclast）。像這樣的虛無思想實是當時的時代思想之一面。代表這一面的作家有皮莎萊夫（Pisarev 184—63），他的破壞態度直想把從來的理想的人生觀一舉而覆滅之。他主張他的功利主義，唱藝術即娛樂說，想以藝術之權威代自然科學之權威。杜更涅夫所描寫的巴遶夫羅即以皮莎萊夫爲模胎兒。對這種虛無主義者，有一派非虛無主義者出來相爭，但非虛無主義者方面無足舉的作家。與虛無主義相表裏的功利主義不能滿足一般人之心，他們以爲單追求物質的利益是全無生活的意義的，單靠虛無主義是不能有所解決，因之起了一種要求，要求有足以代舊理想的新理想之發生。應此要求而起的不是平民文學者，是所謂『既懺悔之貴族文學者』，足爲之代表的就是託爾斯代（Leo Tolstoy）。其次爲陀斯妥以夫斯基（Dostoyevsky）。此等作家之作品製作法及其他都有自然主義的傾向，但根本態度，有點和杜斯涅夫不同。

一八七〇年以後，一般對皮莎萊夫一派之功利主義發生厭倦了，不欲單從事於物質的利益之追求，起了一種精神的要求了。在此時代唱愛他主義，把文藝引導至宗教方面的就是陀斯妥以夫斯基和託爾斯代。

在近代文學者中，像陀斯妥以夫斯基一樣的度過艱難的生活的人，恐怕再沒有了吧。他在二十五歲的時候發表他的處女作『貧人』(Poor Folk)時。批評家柏荅斯基批評他說，『從來沒有人想得及的俄人之性格特質，無遺憾的都描寫出來了。』此作品是描寫被蹂躪的勞動者。他描這般無識的人們在慘苦之生活中痛洒他們的熱淚，這就是他的特色最鮮明的地方。他青年時代在極端的貧苦中過了幾年生活之後，因帛杜拉細夫慈黨(Fetroshevlsy)祕密結社的關係，在一八四九年與同黨二十一人受政府的逮捕，投牢獄中，後送至斷頭台。將受刑時得皇帝的特赦，罪減一等，謫流于西比利亞。在西比利亞四年間飽嘗慘苦。但他在此慘苦中毫不絕望，決不自暴自棄。幽囚四年後，受終身度軍隊生活的判決，當一個下等兵進了軍隊。至次年新帝卽位，遇了大赦，始得歸故鄉來。由西比利亞回來最先公表的就是『貧人』，得最多讀者，且發揮他的特色最力的也是這篇作品。其次發表的爲『罪與罰』“Crimeanl Funishment”，心理的描寫異常深刻。此篇與『加拉瑪左夫兄弟』(Thebrothers Karamazov)同爲他的代表作，最有名。

『罪與罰』暗示有下舉的三種思想。第一，作算如何的墮落至黑暗的深淵中的人，有時也有自覺之光明閃動的時候。第二，唯有困苦能把人類醇化。第三，俄國人民將來不必限於義務之念而後相結合，要由相互的愛情而相結合。

要用相互的愛情而相結合。這三種思想至託爾斯代更強烈的發展起來，這就是愛他主義的福音。由愛之力，黑暗之世界能發生光明，汚濁的人亦能淨化。這就是陀斯妥以夫斯基的根本思想。他的作品，除上述者外，尙有『死人之家』(The house of thedeald)『白癡』(The Ibiot)『惡魔』(The devil)等。

和陀斯妥以安斯基一樣的宣傳愛之福音，由文藝出發邁至宗教的作家爲託爾斯代(1828——1910)。他是大文豪，同時又爲大思想家大宗敎家。他的領域超出文學範圍外了。他的作品在世界文藝史上常在放射不朽之光，但他自身看來，他的作品的大部分不過爲達他的目的一種方法吧了，不過是副產物吧了。他是對人生感着一種迫切的苦悶，爲想實現他的思想而奮鬥的人。他不像杜更涅夫，剛茶羅夫等一樣的抱冷靜的客觀的態度——卽不以藝術的態度爲滿足的人。他的家在俄國貴族中算是屈指有數的名門，和皇室有親近的關係；但他的天性有平民的傾向。青年時代當陸軍士官，住高加索，其印象後來就描寫在『哥殺克』（Cossacks）裏面。俄土之役，在庫利米（Crimea）的激戰，他參加其中。在此戰爭中發表“Sebas topol”一躍而爲文壇中的名家。此時年僅二十七歲。回聖彼得堡後與上流社會相交游，盡情歡樂。他的特色，强烈的宗教的之罪惡觀就在此社交期內釀成的。在這種歡樂的數年中發見了自身上的種種黑暗，深抱恐怖。由是漫遊外國。回國後盡力於農奴的解放，建學校以教育農民，傍暇則寫小說。其中最有名的爲『戰爭與平和』（War and Peace），起稿於一八六四年，脫稿於一八六九年，費六年間的歲月始告完成的大著，爲世界文學中之最大長篇。其次爲“Anna Karenina”，與『戰爭與平和』同爲不朽之作。“Anna Karinina”發表時，他的文學生活已達最高潮，年齡近五十歲了。他的生涯以五十歲那年分成兩部，卽五十歲以前爲文學者，五十歲以後爲宗教家。此外尚有『我之懺悔』（My Con fession）『復活』（Resurrection）"Kreutzer Sonata"『活屍』（The living Corpe)等作品，有戲劇，有小說。小說"Kreutzer Sonata"及『復活』，戲劇『暗之力』（The Powers of darkness）等是以說教爲目的而作的。

和陀斯妥以夫斯基及託爾斯代相同，有愛他主義之傾向的作家有咯爾新（Garshin），柯洛連柯（Korolenko）等。咯爾新（Garshin）以短篇『紅花』得名，是描寫狂人的心理的作品。他自己是發狂死的，所以他的作品多以精神上之矛盾不調和爲主題。柯洛連柯是圖民衆生活向上的民衆作家。因犯政治罪，被流謫於西比利亞。

一八八〇年前後是俄國過去百年間最暗黑的時代。智識階級所懷抱的革新之意氣漸次銷沈，希望之光全滅。描寫此智識階級之沉滅，把哥利基以來之實寫主義而大成之者爲柴霍夫（Chokhov）他的作品因年代不同而變化其色彩。最初的作品，溢着活氣及富有無邪的諧謔。其後在諧謔中混入有痛苦了。此時在俄國有相當的教育，有高尚的觀念的人們因日常平凡的生活及周圍的無識者之故，漸次腐朽，終至向上心，希望，目的等完全銷滅，變爲平凡無識的愚人，度醉生夢死的無意義的生涯。他就是描寫這種經過，寫得異常精細的。卽智識階級本有解決革新之大問題的重任的，因薄志弱行，不知不覺受了平凡愚昧的周圍的同化：這就是他的小說的主題。此種薄志弱行確是俄人的特性，故他的作品能把時代的姿態反映出來，同時把國民性描寫出來了。觀察的銳敏，描寫之敏捷是他的特色，多短篇小說。其作品之重要者有「海鷗」（Chaika）「櫻桃園」（Cherry Orchard）等。作風輕快，但有悲寂的厭世的調子。但他不是能以厭世主義終了的人。一般把他和莫泊桑比較，但他不如莫泊桑之對人生完全抱絕望的思想。莫泊桑的作品，笑裏面藏有淚，柴霍夫的作品，淚裏藏有笑；這是一般評論。他雖描寫智識階級之沉溺，但他深信有復活及成功，更優良的社會——理想的社會後必能實現。他的作品有一種「絕望之中帶有希望」的傾向。此傾向在他的「櫻桃園」中尤為明顯。

四 神祕主義及象徵主義

（一） 何謂神祕主義

神祕主義是如何的主義呢？我們欲了解神祕主義。不能不先解釋神祕兩個字。「神祕者啓示（revelation）之本源也」。若沒有神祕則啓示沒有內容，若沒有啓示，神祕也要變爲無意義的了。故我們可以下個定義，「神祕是啓示的內容或動機，啓示是神祕的形式或結果。」至神祕主義是在神祕中成長的確信。

神祕主義是靈的啓蒙主義。對神祕主義曾加精密的審議的加儂茵（Canon Inge）所下的定義是，「神祕主義是在思想及情感中欲把在無限內存在的有限及有限內存在的無限實現出來的一種企圖。」又神祕主義由經驗上說是靈的感覺。格堤說，「神祕主義是心情的哲學，是感情的論證。」又有謂，「神祕主義是最高尙實在的直接感覺。」故神祕主義在哲學上入於直覺的唯心論，但與其說是和實在，甯說是和人格間有密切的關係；故可以說是和完全的自我融合了的我之覺醒及發展。因此我們可以說神祕主義是和人格的宗教相切近。由此意義，和神有直接經驗者或信其存在者都是神祕者，無論何人若不超越普通的經驗，決不能抱此確信也不能有此主張。但神祕主義和宗教是不同的。神祕主義是宗教的一部，同時又是使宗教變爲自己所有的之主要的中心的部分。

神祕主義不是白晝夢，雖不能充分的表白出來，但牠的體驗是很確實的。又神祕主義不是仙術，神祕者也不是禁慾者。神祕者是常在青春期及常在幸福中。神祕主義和心靈學兩者之領域雖然接近，但在本質上全然不同。自韋廉詹姆斯（William James）著「宗教的經驗之種種」以來（一九〇二），一般對神祕主義的興味漸趨旺盛。其理由是對（一）科學之橫暴，合理的實證的哲學之專斷，神學之教條（Dogma），宗教之枯死的一種反動。詹姆斯的神祕主義所給與的永續的印象實在他的「知行合一主義」以上。不單如此，對神學方面也給了無限的活力，對文學方面也開了新鮮的靈感的寶庫。

（二）　近代文藝之神祕的傾向

神祕思想和浪漫主義有不能離的關係。但浪漫派的神祕主義有類對天上的空想的幻羨。至在近代文藝上表現出來的神祕主義是對地上的現實厭倦了後而生的神祕。科學的研究既告了一段落，科學所能達到之境地和不能達到之境地，其間有明瞭的區別了後，我們不能不驚異不可思議的世界有非人所能想像的那末深遠。換言之，浪漫主義的神祕是由空想而起的神祕；新浪漫主義的神祕是專横的科學收歛了手以後遺留下來的神祕；其深遠就可想像而知了。

一說及神祕必聯想及超現實的。但所謂近代的神祕是潛存在日常現實生活中的神祕。一切事物現象的內部都有靈的意義和魔力，一切現象不外是此靈的東西的表現；這就是近代人的神祕思想。威爾哈連（Verhaeren）及梅特林（Maeterlinck）就是屬此流的人物。又曾主張『不能捕捉，不能思議的一種靈妙的活氣就是人生的精髓』的荷夫孟斯他爾（Hofmonnsthal）也可以說和這一流人物相接近了的。又也孜（Yeats）也說『宇宙中有一大精靈，以不死不滅之力支配我們，但牠的足音在我們胸裏響着時，我們即稱牠爲情緒。』然則也孜也是此種神祕的詩人無疑了。又安都列夫（Andreev）承認人生的內部有號稱運命的不可抗力存在，我們受其支配，最後把我們引到『死』那邊去。故安都列夫也是一種神祕主義者。

要言之，說不出是什麽東西，但有一種不可測的魔力——無窮之力，精靈——具體的切實的表現在我們面前來，作近代文明的重要的一面。所謂藝術不外是把此種看不見聽不見的精靈來象徵化及暗示的一種現象。即站在離我們的感覺最遠的地方，直覺的捕捉構成自然及人生之眞髓的一種東西的努力就是近代文藝之神祕的傾向。

（三）　梅特林之神祕主義

在近代文藝史上最明顯的神祕的傾向的代表者不能不推舉梅特林。他受美國的愛瑪孫（Emerson），德國的娜瓦利斯（Novalis）及中世時代之神祕家賚斯布洛克（Roysbrock）等的影響很強。今試把他的神祕思想簡單的說一說。

梅氏的意思是，我們應注重的不是外界的事實，是超感覺的世界。在我們的意識界和無意識界間的朦朧的潛在意識的世界才是人生的眞意義所存的部分。自然派所注重的物質界或肉體的生活等事實決不是眞的實在，最高絕對的生命是存在于看不見的神祕境中。

這種神祕境是我們的五官完全不能感知的，但和我們的靈的生活是密切的相聯結；雖不能不用語言或思想的力處理牠，但由沈默可以行靈界的交通。人類之眞的心靈是在沈默之際表現出來的，死就是沈默之最大者。

在我們尙有比性格，人格更偉大的東西。此卽作成性格或人格的基礎的不可解的東西。更明言之，這就是我們之意識的生活裏面的潛在意識，亦卽是眞的自我。表現於外部的生活不過是在潛在意識的深海中浮出來的泡沫，故單看見牠的外部，就會當牠是難理解的不自然的現象。但這個超越時間和空間的內部生命是一切外部的事實之眞因。若對此生命有所覺悟則常是幸福，若鈍感而不覺則將陷於意外的不幸。

根據上述的見地，梅特林爲暗示不能在外界動作上表現的神秘的世界起見，作完全獨創的戲曲。他完全改變從來的演劇的技藝（Technique），故有人評他爲易卜生以上之演劇改革者。他的獨創卽『靜劇』。從前劇之最大要素就是『動作』。他把這個『動作』完全除掉，他的劇是完全由情調構成的。換句話說，他的劇不是『看』的劇，是一種感覺的劇。故其題材也由平凡的日常生活採取，對話也是單調平凡的斷片的文句。由此，可以不知不覺的把人心引誘到很遠的神祕之境去。再明言之，全體是超自然的象徵的一種暗示，和普通的劇完全異其趣旨，也不是繪畫，也不是詩歌，也不是音樂，是一種新藝術。梅特林的此種傾向在他的初期作品中很明顯的表現出來。例如『羣盲』，『闖入者』等劇，其人物景色都渺茫難捉摸的。

（四）　神祕主義和自然主義及舊教

神祕主義是對自然主義的一種反動，也是緊接着自然主義而起的一種文藝的傾向；故在此二者之間起了一種調和的作品，卽所謂自然主義的神祕主義或神祕主義的實寫主義的作品發生出來了。關於這一點，我們先要舉出來說的就是易卜生。他原來是純粹的浪漫派作家，一變而爲自然主義的作家，對社會問題專爲實寫的討論。但他再變爲象徵的神祕的作家，例如『海上夫人』，『建築師』等就有這種色彩。『海上夫人』以後的作品至最後其神祕的色彩更顯著的表現出來。這類作品不消說和初期的傳奇的作品不同，雖把現實生活痛切的描寫，但其作品裏面總暗示着一種難測知的深祕。此類作品的描寫法的確是實寫的，但空氣爲神祕的面目的則爲象徵的。總之可以說是自然主義和神祕主義間的調和。又如哈普特門，他的『日出之前』，『織匠』，是用純粹的自然派的手法描寫社會問題。但至『漢湼勒之昇天』，『沈鐘』等作品無論如何總不能說是自然主義或實寫主義的文藝，是一種缺少動作及台詞的古風的神祕劇，加添了些近代的實寫的手法吧了。

此外如修涅慈拉（Schnizler），荷夫敏斯他爾（Hofmansthal），德姆爾（Dehmel），灰士曼（Huysmans），安都列夫（Andreev）及貨喀荼羅（Fogazzaro）等不是由自然主義變爲神祕主義的作家就是神祕主義的作家而帶有很明顯的自然主義的實寫的手法的。像這樣的作家，若數起來還不知多少，或要把新浪漫主義作家全部舉出來。

神祕主義最初雖是反抗自然主義而起的，但同時又帶了點自然主義的傾向。此神祕的傾向引起了對中世紀追慕的風潮，促動了羅馬舊教的復活；由是神祕主義和舊教的色彩至有不可分離之勢了。

自然科學萬能達了最高點時代以後，漸入自然科學自然主義反抗的時代了，漸次起了一種神祕信仰的風氣，即對從來之唯物的人生觀不能滿足，想更深刻的觀察自然，人生，因之宗教的情趣就發生起來了。

在近代文藝之神祕主義，其一特色即爲舊教信仰。最初灰士曼很精細的巧妙的描寫寺院生活以表示神祕的中世舊教之精神。寺院的氛圍氣給一種靈妙的情調與近代之敏感的詩人。並且寺院中之嚴格的禁慾生活也表示出一種說不出來的宗教的情趣。他在『途上』，『寺院』等作品中，用自然主義作家時代鍛鍊過來的精密的描寫法寫出來的事象都是此等寺院的環境。

在信仰復興之氣運上作先鋒的作家不能不推舉利爾亞當（Villeirde Lide Adam）。他對巴黎生活描寫得很精細，並加添了中世舊教的神祕的色彩。西蒙斯（Arthur Symons）批評他說，『他處身唯物論者之間而宣言心靈界之確信……他在寫實派或高踏派之間，創新藝術，在戲曲小說上開創象徵派一派』。

此外如考柏（Francois Cobper）卜流尼特爾（Bannltere），布爾這（Ionaget）等都是屬舊教的人。尤其是比利時的詩人和舊教信仰有不淺的關係。梅特林雖是特例，但布龍（Thamas From），拉麥契斯（Ramae Kers），企儂（Kinon）等都是熱烈的舊教信者。

但是欲近代之神祕主義者完全忘却現實生活是不可能的。他們一方面靈的信仰很熱烈，一方面肉的妄念也像火般的燃燒着。他們一方面幻慕着靈的神祕，同時又追求着強烈的肉的快樂。此種矛盾就是近代詩人所特有的苦悶。例如比利時的詩人們，如羅登柏哈（Rodenlach）一面爲神祕主義者，同時在他方面是個獸慾主義者（Animalist）。

最完全的把靈肉不調和的苦悶表現出來了的要算是威爾萊奴（Verlaine）。

他的詩集『智慧』（la Sagesse）中含蓄着有熱烈的舊教的信仰。但人都說他是象徵之主義的始祖，其作品內容如何姑措不論，在名義上早不是神祕主義了。

神祕主義和象徵主義兩者雖不會互相撞着，但其間並沒有確然的界線。前頭已經說過神祕和啓示了，象徵主義就是一種啓示。神祕主義是取其精神，由內容方面而定的名。象徵主義是取其手法，由形式方面而定的名。故神祕主義的作家無不用象徵的手段，又象徵主義作家無不有神祕的精神。

（五）由浪漫主義至象徵主義

十九世紀中葉是浪漫主義派文藝最盛的時代，弊風亦從之而生。及至浪漫派文藝的殿軍戈的爾（Gautier）的時代，早發現出由熱情的主觀主義遷移至嚴冷的客觀主義的徵兆。若由思想史上觀察，即在哲學方面生出實證主義，在一般文學方面生出自然主義來的十九世紀的現實主義漸影響到文藝方面來了。這時候對浪漫主義新起來的反抗者爲魯康特律爾（Leconte pe Lisle）等的高蹈派（Parnassians）。他們的主張和散文方面的自然主義相當，極力避主觀感情及想像而注重客觀，理性及實寫。他們終至標榜無感主義。同時盡力于詩形的完備，在詩歌上加以音樂的雕刻的美，可以說是此派的功績。但在詩歌上抑制感情，尤其是所謂無感主義是很不合自然的，直可以說是反對詩歌本身的存在之無意識的主張了。故高蹈派雖應時代之思潮，不得已的被擁舉出來，但不能永久繼續下去。由此遂新生出象徵主義來。象徵主義可以說是詩歌上的新浪漫主義，把客觀的現象世界祇作一個象徵看的詩派。此派以威爾萊奴爲代表者。

和象徵主義相伴而起的詩歌上之一大傾向就是自由詩之流露。近代詩人的情調到底不是以從來之詩形能表現出來的。應詩人之內部生命的要求，要不拘形式的歌唱，這就是這種傾向的根本的主張。由一方面看來，是想把過去的一切形式打破，像是十九世紀現實主義的傾向，間歇遺傳般的表示出來。但這種傾向在詩歌本質上不得算是妥當的主張。所以最近又起了反動，古典風之詩形再現出來。

(六)　何謂象徵主義

以上所述是概略的歷史的經過。由浪漫主義而高踏派，由高踏派而象徵主義，其間含蓄着有一個神祕主義。對此神祕主義誰都會想，是對輓近自然科學的物質主義的心靈的覺醒，是對高踏派及自然主義的反動，同時就是向浪漫主義的復歸。故可以說，還是新浪漫主義的總體的傾向中之一分派。

神祕主義既如以上數節所述。要言之單由推理推論是難認識眞理的，要由直感——包含幻覺，豫感，豫覺——才可以把眞理覺悟出來，這就是神祕主義的主張。這種傾向本是浪漫主義的一種傾向，但經了一囘的自然主義洗禮後，近代神祕主義和從前的漠然無愛的不同，帶有一種沈痛悲愴之色了。不是在未知前的驚呼歎異了，是在既知後的感慨無量。對此種傾向，我們卽刻想起來的就是梅特林的作品。此種神祕的傾向觸着近代人之敏感的神經就生出一個號象徵主義的新體來。但是象徵主義是如何的主義呢？

象徵是表現法（Expr ssion）之一種同時又是廣義的聯想（Assoclation）的一種。在眼前的事物上，把從前所經驗的事物再現出來，由此兩者之結合，生出新思想感情來。而以此結合在其間作必然的密切的關係時，前者是後者的象徵。兩者是互相關聯的。例如以劍表示武，以筆表示文，故劍及筆爲表示武及文的外形，爲文及武之象徵。

但象徵之內容及外形之間有價值之差。有些事物其外形也和內容般的有重要的意義，但有時外形眞的不過是個符牒。由外形和內容之價值之差，象徵也就生出種種的區別來。第一爲『本來之象徵』，此在外形和內容間無何等必然的關係，故外形沒有何等重要的意義。例如佛教的『卍』，基督教的『十』，沒有多大的意義。第二爲『諷喩』，此種象徵的意義略和內容平行。例如邦洋的『天露歷程』，『伊索寓言』等是。但此第一及第二的象徵，在藝術上尙少價值。在藝術上最重要的是第三之『高級象徵』，單是外形已經是很有深意的了，不單如此，並且因要表示出關于更深的人生問題，宗敎，哲學，道德等之眞理，採用有刺戟性的外形。例如但丁（Dante）之『神曲』（Divina Comedia），沙士比之『罕默雷特』，『李亞王』；格堤之『浮士德』等，其描寫出來的人物和事件都有相當的價值。但這不過單暗示無限，不過是捕捉這個無限的趨向之工具吧了。

以上三種都是古的象徵。至近代象徵主義之象徵，不像古的象徵，不是表示抽象的原理，法則，思想及感情等，是立卽把情調或感興表示出來的象徵。據此種意義，此第四的新象徵可以稱爲『情調象徵』。考究此種象徵之起因，實以上所述的神祕的傾向爲其原因。幽玄的神祕的境地不是用普通的露骨的詞句所能表現的，勢非藉象徵的手段以暗示之不可。其次我們日常所邂逅的一個一個的事象，能使其各生一種情調。所謂普通感情，是此種感覺的刺戟傳至神經中樞而起之感興或情調無數的相積集而成的一團，由近代的敏感的詩人看來，此種由無數的感興或情調相集而成之感情是過于粗大了。所以在未相積集成一團的統一的感情以前，由應刺戟而起的剎那的感興，把內部的精神生活表現出來，這就是象徵主義的文藝。

（七）象徵主義之特色

象徵主義者們以爲客觀的事實不過是種記錄，並非藝術。又批評事實，並表示一已之思想及理想亦非藝術。他們主張，能表現事象所喚起的感情，更溯至其根本，由感覺而生的瞬間的情調；始得稱爲藝術。故他們以爲客觀的事象乃爲傳達情調一種媒介物，卽不過是個象徵吧了。

他們藉象徵的手段引起和官能的同樣的情調。能把這情調再現出來，則詩句或所表示的事實無論怎麼樣都不要緊，卽不像古時的象徵一定要具有內容和外形兩個要素。新象徵的外形就是內容，因他所描寫的所歌唱的外形對人的神經所給與的刺戟就是詩。

由此看來，思想或感情並不是根本的內容，對神經給與詞句的刺戟者就是詩，爲這一點，象徵和詩及音樂就有密切的契合了。他們說，情調元來是不可捉摸的東西，爲傳達此情調，無論如何非有由音樂而生的神經的震動不可。換言之，詩人所感的情調之韻律（Rhytnm）不加改削的用言語把牠留下來就是象徵詩。所以極端的說來，詞句全然無意義的了，語言的音響能夠把作者的情調表出來，那就是很好的象徵詩了，並不是言語的意思，思想，感情爲詩，言語的音響就是詩了。象徵詩之有官能的藝術之稱就是這個緣故。

其次要說明象徵詩人之心理，又爲解釋詩和音樂之接近；不能不說說官能的交錯。藍保（Rambaud）以A爲黑色，E爲白色，I爲赤色，U爲綠色，O爲青色，把五個母音分成五色。又波多萊爾（Raudelaire）謂，香，色，音三者是一致的。這種感覺的交錯，程度低的是色彩聽覺，不算什麼奇特。但在近代詩人，這種感覺的交錯是極端的表現出來。終至味覺，聽覺，觀念，感情及其他一切都混同交錯着了。此感覺交錯之現象是由威爾萊奴一派的象徵詩人提倡出來的。由是在象徵詩上，詩和音樂就相接近了。

（八）　象徵詩的新技巧

象徵派詩人是欲以由文字所表示的言語收和音樂或繪畫等相同的效果。此種傾向不單現于詩歌方面，由是也生出以繪畫奏樂的現象來——例如色彩的聲樂家害斯拉（Whistler）之類。終至各種的藝術之境界，異常混亂，如詩，音樂，繪畫，雕刻，混成一團，就是近代藝術的特色。戈的爾稱此現象爲『藝術之遷轉』。

象徵主義的藝術是以『暗示』這種技巧爲根本生命。其理由看上面所述的就很明瞭了。由威爾萊奴所創的此派的詩風是由瑪拉爾麥大成之。瑪拉爾麥之論『暗示』，謂，『暗示卽幻想。完全用了這種不可思議的作用的就是象徵。』要言之，所謂暗示是十分之中祗說出三分，其餘七分，任之讀者的感情。讀者要塡足這七分時，就感着和作者創作時同樣的情調。

暗示是對神經的一種刺戟，所以在音或色等感覺的方面努力是當然的了。不單如此，要使詩的効果發生出來，要求強銳的刺戟，故有用種種技巧把刺戟強烈的詞句連列起來的傾向。『象徵詩爲技巧的』的非難就是由此而起的。但我的技巧和昔之修辭法完全不相同，是直接刺戟神經的新技巧。要言之，象徵詩是爲表現刹那的印象，或興，情調等莫可名狀的東西起見，用盡一切技巧的言語之能力所能達到的，盡了最善的藝術。

其次象徵詩有難解晦澁的非難。但瑪拉爾麥則謂『詩中自有謎語』，這是象徵詩之性質上不得已的事。第一因感興和情調是不能像思想或感情般的可以統一的，是捉摸不定的；並且象徵詩用前人未用的新技巧，音律的一高一低中都寓記有很深的暗示。若不是和詩人一樣的有銳敏的感受性，那詩中的暗示也要化爲不可解的謎語了。

還有一件要注意的就是象徵詩都是很短的。長篇的敍事詩其領域早給小說佔領去了，在近代文藝上絕了跡；但在象徵詩中還有極短的敍事詩。其理由如波氏（Poe）所說，因完全神經的或情緒的興奮剌戟，到底不能永久持續的。尤其是象徵詩爲暗示的，以在感情以前閃動的感情興爲目標，故愈短愈好。因之更進一步，遂有意思不能連絡，類似謎語的詩。

最近對象徵詩起了些反動，但還未見得很盛。大體還是由象徵主義的自由詩維持着。最近的代表作者是比利時的威爾哈連和德國的得美爾。但他們無論從那一方面觀察都不是威爾萊奴的流亞。在感興及情調以外帶有新理想主義的色彩。

（九） 法國的象徵主義及神祕主義

近代主義者的第一人，同時又為浪漫主義派最後的一人就是有多方面藝術的波多萊爾（Charles Bandelaire,1821——1867）。他是藝術上最先具有近代精神的詩人，是『得卡丹』的先鋒。他是個神經異常銳敏的人，不能像多數浪漫主義者一樣的沉醉。他雖然和多數的浪漫主義者一樣的求美，但他窺見美中有卑劣的醜潛伏着。求善反得惡，求神反得惡魔，求生的歡樂反得死的恐怖，因此他常在人生之根本的矛盾中苦悶。他的悲哀並不是一般浪漫主義者所有的空想的情緒的悲哀，是由神經的苦悶而生的悲哀，是由人生的根本而生的深切的悲哀。他的詩集『惡之華』（les Fleursdu Mal）有『罪之聖書』之稱。他的詩是絕望了的不健全的作品，很強烈的把人世之醜惡歌唱出來。他用由求美及善而不可得的苦惱而生的自暴自棄的反語的（Ironical）調子而歌唱。某批評家說，『但丁到地獄去了，他却由地獄跑了來。』由果稱他是個『新恐怖的創造者。』他的詩中充滿着惡魔的色彩，這不外是求神而不可得的他的絕望之影。法朗士稱他爲『神聖的詩人』。他的詩又爲象徵主義的先驅，把當時的情熱的詩引導至神經的詩，情調的詩方面去。

波得萊爾的流派，即得有卡丹派或惡魔派之稱者爲威爾萊奴，瑪拉爾麥（Stephane Mallarme, 1842——1898）等，前面已述過了，是象徵派的詩人。此流派對英國的史茵邦（Swinburne），也玆（Yeats）瓦爾德（Oscar Wilde）等的藝術至上主義派給與了不小的影響。對此印象派有所謂高蹈派的，既如五節中所述其統率者爲魯康特律爾。此派不重情緒及想像而以實寫爲主，以冷靜的態度把事象應有盡有的歌唱出來，有客官的傾向的詩風。此點和自然主義有共通的性質，屬此派的人有普里挨當摸（Snlly Prudhomme）佛朗沙柯貝（Francois Coppee）等。柯貝同時又是有名的小說家戲曲家。至象徵派則偏重主觀的，其脈絡和浪漫派有相連的地方。威爾萊奴和瑪拉爾麥是象徵詩派的二柱石。

威爾萊奴是在波得萊爾以上的德卡丹詩人，他的生涯中滿充着耽溺，放蕩輕狂，病苦的分子，也曾爲靈肉的矛盾而苦悶的人。他一方在肉慾方面有熱烈的活動，一方又有強烈的靈的要求。他常飲強烈的酒，麻醉他的身心。迷戀青年詩人藍保（Rambaud,1854——1891）的美貌，和他生了男色的關係，結伴漫游歐洲各國。後來在比利時京城布流塞（Brussels）因嫉妬演成開手鎗的活劇，被捉到監牢裏去，錮禁了兩年。出獄後沒有多久，再犯罪入獄。他的生活是這樣放蕩無賴的，眞是個『德卡丹』的好標本。他是波多萊爾的高足，象徵派的旗色因他而益見鮮明。

威爾奴萊的詩有像飛着的小鳥般的輕妙的音律和沈痛的情趣。本來象徵詩就有難解的非難。但威爾萊奴的詩還不見得十分晦澀，至瑪拉爾麥的詩眞晦澁難解。象徵主義藝術是以暗示爲生命的藝術，在前面巳經略述過了。瑪拉爾麥謂，明白的指出來，明白的說出來這是什麼，這是什麼；會減殺詩與之四分之三的。故象徵詩可以說是由近代人的銳敏的神經產出來的藝術。

灰士曼是由左拉的自然主義出來，進到象徵主義，神祕主義之境的作家。由實寫而象徵，由現實而神祕，由客觀而主觀，由物質而心靈，由科學的判斷而精神的直覺；這就是最近文藝的進展的方向，向此方向最先深進的人就是比利時的劇曲家梅特林。比利時的國語分南北兩派，北方爲日耳曼語，南方爲法國語。他生于比利時的南方。他的作風質朴單純，變化極少，不注重人物的動作而以舞台的情調爲主旨，所謂靜劇(Static dlama)的主張己在他的劇中表現出來。他有比利時的莎士比之稱。

和梅特林有『比利時文學之二大明星，歐洲詩人的代表者』之稱的爲威爾哈連（Verhaeren，1855——1916），他的文藝上的傾向與梅特林略同，是神祕主義，象徵主義的詩人。他原是個現實主義派的作家，對人們放縱生活盡情的實寫，歌唱，有左拉的描寫風，頗受當時一部分的批評家的攻擊。他的人生觀也以物質主義爲根抵之絕望的厭世人生觀。但後來他拋棄了他的絕望厭世調子，新樹樂天的新人生觀。他是承自然主義時代之苦悶及懷疑之後，欲從他一方面發見光明，歌唱晚近思想界之大勢的詩人。他和梅特林都是新主觀主義之文藝的先驅者。他的想像力之豐富，他的敏感及技巧之妙都是足以使他爲近代大詩人的。他的詩中有一節的意思是，『此種族的人們，精神比牙齒還要堅固，熱心而有貪慾。求得了後更想多求而不知足。我就是屬這種族的兒子。』此詩把比利時人的特質說明出來了。比利時人，尤其是富蘭多爾人（Flanders）具有不似南歐也不似北歐一種特別的民族性。此地方原爲南歐人種和北歐人種間的混血種族，很能把優雅的南歐風和北歐的野性的蠻風調和，造成一種特別的風格。故到了近代產出最特色的比利時文學來，產出在世界上最有光輝的二作家——梅特林和威爾哈連——來。

歐戰發生後，威爾哈蘭公表詩集『戰爭的赤翼』，攻責德國的罪惡。一九一六年十一月二十七日夜在魯安(Rouen)舉行的比利時救恤講演會上演說。歸途中在車站飛搭將要展輪的列車，這位老詩人因此就轢死于車輪之下了。

羅登柏哈(Rodenbach. 1855——6S)是個温和悲寂的詩人。他住在布魯這(Bruges)的廢都。此都爲中世紀的榮華之遺跡，在鐘樓或寺院的敗址頹垣間流着有如死的沉寂的運河之水。把此廢都的陰鬱的風景象徵化(Symbolizing)，一任神祕的寂寞的心情的歌唱，這就是羅登柏哈氏的藝術的生涯。他的作品雖不像梅特林，威爾哈連的有高深的理想和思索，但他的美麗的純粹的藝術，在近代文藝史上極得社會的歡愛，他尙有二三的小說及劇本，都是懷慕中世時代的作品，有類抒情詩。

（十）德國之象徵主義

和史涅慈拉(Arthur Schneitzler)齊名的戲劇家爲維亞納文學的巨頭荷夫曼斯塔爾。他原是詩人。介紹他之先，不可不先說德國詩壇的概況。德國近代文學中最盛的並且操有中心勢力的就是戲曲。自然主義之主張多在戲曲中表現出來。小說多帶鄉土藝術的色彩。至詩則可以說是代表印象主義和象徵主義。故述德國的詩就是述印象主義，象徵主義。徹底的自然主義其客觀的態度達了最高點，完全棄却主觀而排除說明（說明就是參加了有作者的主觀了）其結果，描寫變爲一種紀述的報告的，終變爲乾燥無味的作品了。因此遂起了反動，在詩壇中起了一派重主觀，尙情趣以情趣爲藝術之全部的作家。因表現此種情趣用象徵的手段，故有象徵主義之稱。又有專重一刻刹那的印象的，是謂印象主義。徹底的自然主義和印象主義相同之點是避說明而重印象。至二者間之異點則前者絕對的避情趣而後者則專重情趣，以徹底的自然主義聳動劇壇，把哈普特門引導出來的荷爾茲(Holz)和修拉夫(Schlaf)兩人同時又爲印象主義的選手。墺國的赫爾曼巴爾(Hermann Bahr)是把徹底的自然主義轉化至象徵主義的第一人，他也可以說是在德國文壇中的『德卡丹』的第一人。他乘世紀末的機運，雄視過文壇的一隅。格阿爾格氏(Stefan George.1868——19‥)等的藝術至上主義派是受赫爾曼巴爾的影響而起的。其他里苓庫朗 Liliencrcn)，德美爾(Richard dehmel.1863——1920)都可以算進這派裏面去。就中最有名的就是荷夫曼斯他爾(Hugs von Hofmannsnabl,1876 ——)。他多作劇本，在現代德國戲曲家中占有最高的地位。但他的戲曲不外是詩的變形，是可讀的戲曲而不能在舞台上上演的戲曲。他最初由赫爾曼介紹，在文壇上占了一個位置，後招集同志，創說詩社，以新清的感情為根基的精神的藝術為目的。標榜「為藝術的藝術」及「情調描寫」等主義。他的主張是，文藝之價值不是思想也不是材料，文藝之價值是全在情調；寫情調就是文藝的任務。他的劇作中最有名的為「提濟安之死」(Der Tcddes Tizian)。此劇的主人翁不表現在舞台面來的，祇由他的弟子追悼他的詞句中引起一種悽愴的情調。此派的主張是，人生為極不安定的無定形無定相的，詩人要超越人生而詩化之，才能捉着真的存在，才能支配人生。里芬庫朗長於印象派風的筆法為詩壇的巨象。德美爾和荷夫曼斯塔爾一樣的樹象徵主義的旗幟，代表德國新詩壇的人。有「解脫」(Erlosungen)，「可是戀愛」(Aber dic Liede) 等作品。德美爾和荷夫曼斯他爾雖同受了法國的象徵主義影響，但仍向德國人的特性——瞑想的，思索的方面進展。不是高蹈的而爲國民的，還就是他們的特色。

（十一）　俄國的象徵主義，神祕主義

作近代俄國文學的主流爲象徵主義及神祕主義。此象徵主義神祕主義則發源於對前代之愛他主義而起的反動，個人主義及「德卡丹」的傾向。個人主義及「德卡丹」的傾向是由當時瀰漫着全歐的世紀末的情調而生的結果。個人主義的傾向受易卜生及尼采的影響不少，至「德卡丹」的傾向則受法國的象徵派的影響頗大。本來俄國人的特性是幻想的，向上的並且是宗教的，所以不會像法國的象徵派陷於自棄頹廢。和「德卡丹」的傾向一同輸入來的象徵主義文學獨自發育起而捨去「德卡丹」的傾向。故純粹俄國的象徵主義文學非頹廢的而爲向上的，非自暴自廢的而爲幻想的。至其先驅者則爲麥萊酒柯夫斯基（Mer czb Kovsky1,866）麥氏爲詩人，爲小說家，同時又爲見識很高的批評家。他是極端的主觀主義個人主義的作家，標榜尼采所唱的超人思想的詩人，嚴格的從文學中把中國的及社會的要素排除出去；其所歌的所寫的都是世界的作品，同時爲個人的作品。他一方崇奉唯美主義，藝術至上主義，但在他一方面不能捨去其人生的乃至宗敎的要求。無論如何總難捨人生的乃至宗敎的要求是俄人的特質，也是俄國象徵主義的特質。他爲藝術的意識和宗教的意識之矛盾而苦悶。體現此苦悶的就是『神之死』（The death of the gods）『神之復活』（The Rosurrection of the gols）。『反基督』（The Antichrist）等歷史小說之三部作。他以爲歐洲今日之文明是基督敎的精神與反基督的精神，希伯來主義（Hebraism）與希臘主義（Hellenism）（即宗敎的意識和藝術的意識）的互相經緯而產生出來的。他的三部作把貫通人類之歷史的思潮的脈絡表示了出來。他原是詩人，支持他的象徵主義的事業在詩壇方面。這三部作公表了後，他就以作家思想家得名了。總之，麥氏是俄國現代文學的開基祖，俄國文壇之近代主義（Modernism）是由他開創的。

和麥氏同樣在象徵主義運動上盡了力的詩人有巴里蒙（Balmonl），梭洛古布（Sologub）等。巴里蒙以都會詩人聞名，梭洛古布後來變爲有名的小說作家。梭洛古布的苦悶是對人生的意義之不可解而生的苦悶。他以爲不可解的生之恐怖實大于死之恐怖。由此種生的恐怖的遁路是發狂孤獨，愛或死。這就是他的思想。他的作風很明顯的帶有病的傾向，更深進至神祕的方面了。

大成了象徵主義的作家，作俄國文學之中心的爲安都列夫（LeoniE Andreev.187;——1920）。他的作風是具有俄國現代文學的一切特色。他超越了一國一社會的關係，也不受時間及場所的支配，把思想凝集到一般人類的問題上去。他對事實不當一種事實看，他想探求事實裏面潛伏的人生之根本的意義，至此根本的意義須在神秘不可思議的運命中探尋。他是運命論者。他以爲有一種不可抗的運命支配着人的生活。人類像玩具般的一任運命之神的播弄，自己的意思完全失了自由。對此運命，人們之無力的意識和恐怖心就是他的作風的基調。他的作品中的人物都是恐怖『死』而戰慄于『虛無』之中的。對自己原有的暗黑的衝動，例如對本能慾，自己亦無能爲力以處置之，祇當牠是運命的一部，祇對牠戰慄。對此種像黑牢般的人生難道不能覓一條活路出來麼？他即爲此而苦悶而考究。但愈考究愈覺人類的運命是神祕不可解的。因此生出悲觀和絕望來，這就是一貫他的作品的情調。暗黑，恐怖，絕望，要言之極端的厭世主義就是他的作風的根底。但在絕望中還覺得有什麼東西可求的，大概是宗教的希望，這就是俄國象徵主義的特色。他的描寫法，實寫和象徵渾然合一，那一塊是實寫（外界的事實），那一塊是象徵（作者的感興），很難劃明確的界線。此種描寫是俄國現代作家共有的特色，但其神巧無出安都列夫之右者。

麥萊酒柯失斯基，巴黑蒙以下稱前期近代派。安都列夫及伊梵娜夫（Ivanov)等爲後斯近代派。都是現代俄國文學的中心人物。

十二　『德卡丹』之藝術和象徵主義

『德卡丹』這個名詞由道德的方面觀察牠是不很好的一個名詞，但在文藝上却占有重要的地位。簡單的，概略的說一句時，『德卡丹』的文藝就是象徵主義的文藝。欲述象徵中的情調象徵時，就不能不及『德卡丹』的文藝。文藝上『德卡丹』起來的時期是在十九世紀的中葉以後。最先發生於法國，其次流入英國，就是史茵邦（Swinburne）瓦爾德（Wilde）等唯美主義者的一團。再流入德，國伊太利，最後遂風行於各國了。一八八二（或一八八三）年，巴黎的拉丁街某珈琲店的地下室裏聚集有一羣青年文學家，這一團文學者卽『德卡丹』的創始者。初還沒有『德卡丹』的名稱。後得瑪萊亞斯（Jean Moreas, 1856—1910）的加入，遂改稱『德卡丹』。（『德卡丹』乃頹廢者之意。法國之某文明史稱羅馬文明爛熟之後傾向衰滅之時代爲頹廢時代，而以『德卡丹』名該時代之羅馬人。因借用其名稱。）及後一部分之文學者不滿意于『德卡丹』之名詞，因改爲象徵派（Symbolist）。但又有一部分人喜歡保留『德卡丹』這個名詞，由是『德卡丹』和象徵派遂分離了。但在實質上兩者是同一的。如波多萊爾，威爾萊奴，灰士曼，瑪拉爾麥，聯尼埃（Henri de Regnier）等都可以說是屬『德卡丹』象徵派的。

『德卡丹』之藝術的特色怎麼樣呢？德國『德卡丹』派之先驅赫爾孟巴爾（Hermann Bahr）謂（一）『德卡丹』派之藝術是重情調之神經的藝術，不是思想或感情的藝術。(二)『德卡丹』派之藝術是始終重人工而以還避自然爲主旨的藝術。(三)『德卡丹』派之藝術是渴求神祕的，常想表現潛在於事象裏面的神祕。(四)『德卡丹』派之藝術是求異常的，憎惡一切平凡陳腐的東西，竭力以求奇特。以上四者爲『德卡丹』派藝術的特色。要言之，『德卡丹』的藝術是由神經過敏的近代人之貪求強烈的刺戟而發生的藝術。以上四特色中除第四之『異常的』外，其他如『人工的』，『神祕的』，『重情調』三者都是構成象徵主義之內容的。尤其是情調實爲象徵主義藝術的中心。

所謂象徵主義，『德卡丹』及其他享樂主義，新理想主義——人道主義都可說是對自然主義之不滿而起的新浪漫派中的支流，不再一一舉出來贅述了。

敬啟

『民國專題史』叢書，乃民國時期出版的著名學者、專家在某一專題領域的學術成果。所收圖書絕大部分著作權已進入公有領域，但仍有極少圖書著作權還在保護期內，需按相關要求支付著作權人或繼承人報酬。因未能全部聯系到相關著作權人，請見到此説明者及時與河南人民出版社聯系。

聯系人　楊光
聯系電話　0371-65788063